PARAPHRASE

DU PATER

OU

DE L'ORAISON DOMINICALE,

SUIVIE

D'UNE INVOCATION A MARIE,

DES

PS. 50, MISERERE MEI, ET 129, DE PROFUNDIS,

Par M. l'abbé GIBAN.

PRIX : 75 CENT.

LE PUY,

IMPRIMERIE M.-P. MARCHESSOU.

1857.

POÉSIE SACRÉE.

PARAPHRASE DU PATER

OU

DE L'ORAISON DOMINICALE.

PARAPHRASE

DU PATER

ou

DE L'ORAISON DOMINICALE,

Par M. l'abbé GIBAN.

Apprenez, ô chrétiens, qu'il n'est point de bonheur,
Si la vertu ne guide et l'esprit et le cœur.

LE PUY,

IMPRIMERIE M.-P. MARCHESSOU.

1863

PRÉFACE.

On trouve dans différents auteurs des explications sur l'Oraison dominicale, sous la forme de
méditations, toutes assurément propres à nous
faire comprendre l'excellence de cette prière et à
nous en inspirer surtout la pratique, soit par les
réflexions sérieuses qu'elles présentent, soit par
les citations tirées de l'ancien et du nouveau Testament, ainsi que des Pères de l'Eglise ; mais
comme ces ouvrages volumineux ne sont point à
la portée de tout le monde, j'ai cru qu'il serait
utile de faire ressortir le mérite de cette sublime
prière, en essayant de la mettre en vers. La poésie
a ses règles et son rhythme ; quelque difficile

ou simple qu'elle soit, il faut s'y astreindre et lui accorder ce qu'elle exige, sans négliger ce qui est essentiel au texte ou ce qui est vérité fondamentale. C'est ce que j'ai tâché de faire, tout en revêtant le sujet des formes poétiques, pensant que ce nouveau genre d'explications offrirait aux lecteurs et à la jeunesse surtout plus d'attraits et d'intérêt. On voudra bien, je l'espère, me faire grâce de quelques négligences ou incorrections qui auraient pu m'échapper. Mon intention, en paraphrasant cette prière, a été de faire un petit manuel utile et à la portée de tout le monde. J'avoue que je ne me suis point attaché au style d'une éloquence fleurie, et que d'ailleurs le sujet ne le comportait pas. J'ai donc préféré sacrifier l'agréable à l'utile. Puisse le ciel bénir ce faible opuscule entrepris pour la gloire de Dieu et l'utilité du chrétien.

PARAPHRASE

DU PATER

OU DE L'ORAISON DOMINICALE.

—

PRÉAMBULE.

—

Notre Père qui êtes aux cieux.

Les Apôtres, un jour, demandaient au Sauveur
Le plus parfait moyen de prier le Seigneur.
Jésus leur enseigna cette belle prière,
Inconnue avant lui, mais depuis familière,
Où l'on demande à Dieu tous les solides biens
Que peuvent désirer ici-bas les chrétiens.
Hélas ! nous défaillons, nos penchants nous en-
[traînent ;
De nos sens les plaisirs sans cesse nous enchaînent.
O Dieu ! vous qui régnez dans le plus haut des Cieux,
Que le prophète-roi nommait le Dieu des dieux,

Abaissez vos regards sur votre créature,
Succombant sous le poids de sa faible nature;
Venez, éclairez-nous, ô Dieu de notre amour !
Puissions-nous vous aimer, vous servir chaque jour.
Au nom de votre Fils, ah ! soyez-nous propice.
Agréez de nos cœurs toujours le sacrifice.

La sublime oraison, prière du Sauveur,
Est celle qu'un chrétien doit à son Créateur.
Tous les jours, au réveil, en élevant son âme,
Au souvenir de Dieu son cœur bat et s'enflamme,
En s'écriant : mon Dieu, prenez pitié de moi !
Venez à mon secours et ranimez ma foi.
Je vous aime, Seigneur; vous voyez ma misère ;
Heureux en vous donnant le tendre nom de père.

Attentif à régler mon esprit et mon cœur,
Je marcherai toujours au chemin du bonheur.
Je l'espère, ô mon Dieu, dans une autre patrie
Je recevrai de vous une immortelle vie.
De l'aurore au couchant et du nord au midi,
Grand Dieu, que votre nom soit à jamais béni !
Ecoutez les accents de votre créature ;
C'est le cri de l'enfant dans les maux qu'il endure.
Il est pour nous, mortels, il est un autre nom

Bien plus doux à nos cœurs, c'est de l'amour le don.
Mais à qui devons-nous cet heureux privilège
D'être enfants de ce Dieu qui toujours nous protège?
Du Père avec le Fils l'amour coéternel
Nous a seul mérité cette faveur du ciel.
O prodige d'amour si grand, si salutaire !
Oui tout pécheur qu'il est en son Dieu l'homme espère.
Un Dieu meurt sur la croix par pur amour pour nous,
Et du haut du Calvaire il nous appelle tous.
Pouvions-nous espérer cette faveur insigne ?
Non, l'homme était coupable, il en était indigne.
   « Salut, divine Croix, emblème du vrai jour !
Diadème sacré, doux symbole d'amour !
Humble et touchant écho d'un sublime mystère,
Qui réjouit le ciel et racheta la terre !
Salut ! je t'aime, ô Croix ! quand on voit dans les airs,
Tes bras amis tendus au coupable univers ;
Quand ornant le chemin de ton signe de grâce,
Tu rends l'espoir au cœur du voyageur qui passe ;
Et surtout quand de l'homme endormi dans le port,
Tu couronnes la tombe et domines la mort,
Comme un mât épargné par les vents de l'orage
S'élève sur les mers au-dessus du naufrage,

Noble Croix, tu fleuris dans le sang des martyrs.
L'humble, à tes pieds, souvent épanche ses soupirs;
Et l'impie, élevant l'impur flot de ses haines,
Voudrait briser ton bois comme on brise des chaînes,
Comme s'il ignorait dans son impiété
Que ta vertu jadis sauva l'humanité;
Que par elle aujourd'hui, sur les deux hémisphères,
Tous les enfants du Christ sont un peuple de frères.
Et pourquoi voudrait-il dans son cœur inhumain
Ne pas te regarder comme un livre divin !
N'est-ce pas de la Croix que descend sur la terre
Toute leçon d'amour, tout rayon de lumière ?
N'est-ce pas vers la Croix qui calme nos douleurs,
Que s'élève tout œil qui se mouille de pleurs ?
N'est-ce pas à la Croix que s'attache avec joie
Toute âme qui marcha dans la pénible voie;
Toute mère qui vient pencher son front tremblant
Sur le muet cercueil qui garde son enfant ?
Ah ! laissez-lui la Croix : car de larmes baignée,
Sa prière vers Dieu monte plus résignée.
Et quand rien aujourd'hui ne briserait nos cœurs,
Quand il ne serait plus ici-bas de douleurs,
Que de droits n'as-tu pas à la reconnaissance,

Croix qui, de Dieu, partout signale la clémence ?
Que l'homme se souvienne et tombe à deux genoux
Devant ton bois sacré qui nous racheta tous.
Loin de son Dieu longtemps la source de la joie,
L'humanité jadis s'égarait dans sa voie ;
Dans cet affreux chaos de sang, de boue et d'or,
D'incertaines lueurs en vain brillaient encor ;
Oublieuses du ciel , leur céleste patrie ,
Les nations erraient au hasard dans la vie.
Les sages quelquefois s'arrêtaient , et leurs yeux,
Pour marcher dans la route, interrogeaient les cieux ;
Mais ces rayons douteux, mourant dans la nuit
                                              [sombre,
Paraissaient un instant et s'éteignaient dans l'ombre.
Le vent du préjugé soufflait sur ce flambeau,
Et la terre manquait d'un jour pur et nouveau.
Les sages se taisaient, et de la barbarie
Le déluge étouffait les germes de la vie.
    » Mais lorsque dominant toutes les passions,
Tu parus triomphante aux yeux des nations,
Ton auréole, ô Croix, joie et salut du monde,
Eclaira tous les flots de cette mer profonde ;
Et dans les cœurs blasés réveillant la vertu,

Releva jusqu'à Dieu l'univers abattu.
On vit le genre humain, dans l'éternelle Rome,
Devant ton bois sacré tomber comme un seul homme;
Et paisible à ton ombre, au sein des nations,
Couler vers Dieu les flots des générations.
Oh ! maintenant encore, à cette heure où le monde
S'abîme dans l'horreur d'une nuit si profonde,
Et, secouant le joug de la religion,
Tombe de toutes parts en dissolution,
Remets en son chemin l'univers qui s'égare,
Sers lui, pour le guider, de boussole et de phare,
Et reste parmi nous, jusqu'à la fin du jour,
Comme un signe de foi, d'espérance et d'amour (1). »
Qu'à mon dernier soupir et qu'à ma dernière heure,
Te pressant sur mon cœur, entre tes bras je meure.

Pendant que nous vivons, que d'incessants besoins,
Où l'homme est impuissant pour nous donner des
Dieu seul est notre père, ah! soyons-lui fidèles! [soins!
Apprécions sur nous ses bontés paternelles.
Heureux l'homme qui met en lui tout son espoir !
C'est ce que l'Esprit-Saint nous aide à concevoir.

(1) L'auteur a cru faire plaisir aux lecteurs en citant à cette
occasion cet hommage à la Croix, de l'abbé Venard, commen-
çant au vers *Salut, divine Croix, etc.*

Cet Esprit, ô mon Dieu, votre amour nous le donne,
Quand notre cœur surtout à vous seul s'abandonne.
Un secret sentiment nous dit, pour être heureux,
Mortel, suis les sentiers de l'homme vertueux.
L'Église nous l'apprend sur les fonts de baptême,
En faisant de l'enfant un enfant de Dieu même,
Prenant sur nous le droit de la maternité,
Comme Dieu prend celui de la paternité.
Si l'homme vit en paix avec sa conscience,
Il entend dans son cœur, où règne le silence,
Une voix qui lui dit : sois de ton Dieu l'enfant,
C'est la voix d'un bon père, et notre âme le sent.
Tous n'ont pas le bonheur de ce saint témoignage;
C'est de l'amour divin le plus touchant ouvrage.
Mais Dieu dit à chacun : viens, mon enfant, à moi;
Que la chair et le sang ne parlent plus en toi.
Oui, donne-moi ton cœur, ne suis-je pas ton père ?
Et mon Fils Jésus-Christ n'est-il pas ton bon frère?
Rendons-nous à ce cri si doux pour notre cœur,
Et disons notre Père, en parlant au Seigneur.
En nous le Saint-Esprit inspire ce langage,
C'est là de son amour le plus assuré gage,
Qui fait sentir en nous l'esprit d'adoption,

Quand nous offrons à Dieu notre adoration.
L'esprit de Dieu nous meut dans le culte à lui rendre;
Une secrète voix en nous se fait entendre.
Le Dieu de charité nous appelle en son sein,
Nous invite à prier dans le même dessein.
Les grands et les petits l'appellent tous leur père :
Car ils comprennent tous leurs besoins, leur misère.

Il est pour nous, chrétiens, un éminent honneur,
C'est pour nous que le Christ abaisse sa grandeur ;
Il est de Dieu le Fils, mais de ce rang sublime
L'amour l'a fait descendre au rang le plus infime ;
Le Verbe s'est fait chair, habite parmi nous,
De l'heureux nom de frère il nous honore tous,
Malgré le sceau divin de sa divine essence,
Etant avec son père une même substance.
C'est bien de l'Homme-Dieu l'amour surabondant
Qui veut que tout chrétien soit de son Dieu l'enfant.

Tout un peuple jadis éternisant l'hommage
Digne du Créateur, reconnut ce langage.
Sur le mont du Thabor une lumière a lui,
Une voix a parlé : voilà mon fils, c'est lui ;
C'est en lui que j'ai mis toute ma complaisance.
Ecoutez-le, mortels, ayez en lui croyance ;

Si l'homme est fils de Dieu, Jésus seul est l'aîné :
Car avant tous les temps de son père il est né.
    Quoi de plus grand pour l'homme! appeler Dieu
                                   [son père !
Peut-il être un présent pour lui plus salutaire !
Nous disons tous les jours, vous êtes dans les cieux.
Qui ne désirerait ce terme glorieux ?
Nous le voyons, hélas! la vie est un passage;
La terre n'est non plus qu'un funeste héritage;
Tôt ou tard de ce monde il faut se séparer ;
L'impitoyable mort vient tout nous enlever.
Dieu nous montre là-haut la céleste patrie,
Séjour des bienheureux, un Dieu nous y convie.
C'est là que notre père appelle ses enfants,
Pour y combler leurs vœux sans cesse renaissants.
Tandis que nous souffrons dans l'humble patience,
Le bonheur des élus comble leur espérance.
Tout chrétien de Jésus est le co-héritier ;
A sa gloire il veut bien tous nous associer.
Est-il un bien plus grand et de nos vœux plus digne?
Un Dieu se donne à nous en récompense insigne.
O prodige d'amour, d'une immense bonté !
Car qui peut se flatter de l'avoir mérité ?

O céleste Sion ! sur la terre maudite,
Me souvenant de toi , je pleure, je médite.
Orphelin ici-bas, et loin du vrai bonheur,
Je n'ai plus d'autres chants que les chants de douleur.
Sainte Jérusalem ! si jamais je t'oublie ,
Que ma main, se séchant, tombe dans l'inertie ;
Que ma langue plutôt s'attache à mon palais ,
Si j'oublie , ô mon Dieu , vos infinis bienfaits.
O céleste séjour, en toi ma confiance ;
Oui , de te posséder j'ai la ferme espérance;
Heureux de tous les maux que j'aurai pu souffrir,
Rentré dans la patrie où l'on ne peut mourir,
Où retentit des saints le concert angélique,
Je chanterai de Dieu le ravissant cantique.

PREMIERE DEMANDE.

—

Adorer Dieu le Père, le Fils et le Saint-Esprit. Sanctification du dimanche. Eviter le blasphême et l'orgueil.

Que votre Nom soit sanctifié.

O homme, incline-toi : c'est le Dieu trois fois saint
Qui veut être adoré, chéri, respecté, craint.
L'Éternel est son nom divin en tout langage.
Nous sommes de ses mains formés à son image.
Ce grand être est pour l'homme un mystère profond,
C'est comme un océan sans rivage et sans fond.
Notre Dieu seul est grand, lui seul est adorable.
Envers l'homme admirons son amour ineffable.

Le crime était partout, partout l'homme pécheur
Né pouvait se passer d'un Dieu réparateur.
La Judée en parlait par cent voix prophétiques,
Et le païen Ovide, en ses chants poétiques (1).
Disait qu'un autre peuple, en place du premier,

(1) Métam., liv. Ier, cap. 9, vers 45-46.

A son tour remplirait l'univers tout entier ;
Peuple qui sortirait de race merveilleuse ,
Aurait par ce moyen sa destinée heureuse.
Au contraire, l'Hébreu , par son iniquité ,
Devait être maudit du Seigneur irrité ,
Jusqu'à cet heureux jour où le Dieu de clémence
Renoûrait avec lui sa première alliance.

La mort régnait partout, le Verbe a dit : Je viens.
De la mort sont rompus les antiques liens ;
Elle-même a péri dans sa propre victoire ;
Le second Adam meurt et revit dans la gloire,
Et la terre et le ciel jouissent de la paix ;
Dieu le Père et le Fils accordent ces bienfaits.
La bonté de ce Dieu mérite notre hommage.
Est-ce trop lui donner que nos cœurs en partage ?
Non, s'il a fait de nous un vrai peuple de saints,
Dans la conduite il faut que les traits en soient peints.

En quoi consiste donc la sainteté réelle ?
Culte sincère , amour et service fidèle.
Gloire à Dieu , notre Père et notre Créateur ;
Gloire à Jésus, son Fils, c'est notre Rédempteur ;
Gloire à Dieu l'Esprit-Saint, qui rallume en nos âmes
De son amour divin les véritables flammes.

Reconnaissance au Dieu qui nous a tous chéris,
Jusqu'à se dévouer en nous donnant son Fils ;
Ce Fils qui, par amour, se livre à l'esclavage,
Pour nous reconquérir le céleste héritage.
Qui n'aimerait ce Dieu qui, dans sa charité,
Se réduit parmi nous à la captivité,
En silence réside au fond du sanctuaire,
Aime notre visite, entend notre prière,
Accueille avec bonté, comprend tous nos soupirs,
Nous calme, nous console et prévient nos désirs ;
Nous invite à venir à sa table sacrée,
Où par son sang divin l'âme est désaltérée ;
Sa chair y sert de manne, et c'est le pain des forts,
Pain descendu du ciel, divinisant nos corps,
Nous disposant toujours à quelque sacrifice
Pour accomplir de Dieu le sublime service.
L'homme par ces moyens peut remplir son devoir.
Il en coûte, il est vrai, mais il n'a qu'à vouloir.
Non, il ne fut jamais état si misérable,
Que la religion ne rende supportable.
Si de nos jours l'Eglise a moins de ces héros
Dont le sang autrefois se répandit à flots,
Attesta si souvent des martyrs la constance,

Et de nouveaux chrétiens fut comme la semence,
C'est que l'espoir du ciel guidait leurs nobles pas,
Et les encourageait à l'heure du trépas.
La grâce, de nos jours, aide aussi la nature,
La redresse et la rend de jour en jour plus pure;
Fortifie, ennoblit la pauvre humanité,
Et la rend plus conforme à la divinité.
De Jésus-Christ en nous, traçons la ressemblance,
Et nous mériterons une ample récompense.
Ainsi de Dieu le nom sera sanctifié,
Et par tous les mortels vraiment glorifié.

    La nature existait, l'homme avait son domaine,
Et pour le cultiver, six jours dans la semaine ;
Quand Dieu, pour son repos, prit le septième jour,
L'homme aussi, pour le sien, dut le prendre à son
                           [tour.
Dieu voulait en ce jour contempler son ouvrage,
Et dans l'homme admirer les traits de son image.
Content et satisfait de la création,
Qu'il voulait consommer par la rédemption.
Mais dans Dieu ce repos dévoilait sa sagesse.
De ce bonheur à l'homme il donna la promesse :

Ils entreront, dit-il, dans mon repos heureux (1),
Les chrétiens par la foi devenus vertueux,
Et dociles surtout à ma sainte parole,
Que l'on enseignera souvent par parabole.
L'Hébreu, qui n'y crut pas, mérita d'être exclus
De la terre que Dieu destinait aux élus ;
Il endurcit son cœur en se montrant rebelle ;
Dieu le punit, hélas ! comme étant infidèle.
De même le chrétien qui profane ce jour,
Où nous devons à Dieu témoigner notre amour ;
Soit par indifférence, ou même par malice,
Se prive d'assister au divin sacrifice
Où l'homme-Dieu, victime et pontife immortel,
Pour le salut commun s'immole sur l'autel ;
Dédaigne d'assister à ces fêtes joyeuses,
Qui sont pour le chrétien toujours les plus heureuses,
Où l'âme peut puiser les plus doux sentiments,
Et le cœur s'inspirer des plus beaux mouvements ;
Le chrétien qui ne voit, ne cherche que le monde,
Quoique persuadé qu'en vrais maux il abonde,
Ne voulant que poursuivre, en ses ardents désirs,

(1) Saint Paul. Heb., chap. 4., v. 4 et seq.

Les biens ou les honneurs ou de brillants plaisirs ;
Qui, pour tout dire enfin, tourmente ainsi sa vie,
Ne fait-il pas vraiment acte d'idolâtrie ?
Oui, puisqu'à Bélial il immole son cœur,
Pourrait-il aspirer au céleste bonheur ?
L'homme ne peut servir, assure l'Evangile,
Deux maîtres à la fois, sentence indélébile.

Chrétiens, apprécions de notre Dieu la loi ;
Travaillons et prions, mais en esprit de foi.
Nous le pouvons, rendons notre conduite sainte ;
Consacrons le travail par l'amour et la crainte.
L'amour nous le rendra facile et fructueux ;
La crainte nous rendra pour l'autre vie heureux ;
Et de tous ces efforts, un bien sûr avantage
Sera de posséder l'éternel héritage.
Sanctifions ce jour que Dieu s'est consacré,
Pour jouir du bonheur qu'il nous a préparé ;
Sanctifions ces jours où le vrai catholique
Célèbre de son Dieu la pompe magnifique ;
L'adore dans ses saints avec de doux transports,
Désirant de s'unir à leurs divins accords.

S'il faut adorer Dieu, la sainteté suprême,
Pourquoi donc proférer contre lui le blasphème ?

C'est le Dieu trois fois saint, et pourquoi l'outrager?
Ne sais-tu pas, mortel, qu'il saura se venger?
Il a souvent puni la parole outrageante
Qui bravait de son nom la majesté puissante.
L'Écriture nous montre, en mille endroits divers,
Les châtiments subis par les enfants pervers.
Nous y voyons, hélas! de terribles passages,
Et du blasphémateur d'effrayantes images.

    Nabuchodonosor avait su le sentir;
Dans son idolâtrie il ne put s'endurcir.
Il les voyait intacts dans la fournaise ardente,
Ces enfants merveilleux dont la voix triomphante
Célébrait du Seigneur le glorieux bienfait.
A cet auguste aspect, le prince stupéfait
Ordonne de détruire à l'instant son idole,
Prononçant par décret cette illustre parole :
Qu'il soit seul adoré le vrai Dieu d'Israël,
Lui seul est grand et fort, son règne est éternel (1)!
Si quelque téméraire ose, par le blasphème,
Outrager de ce Dieu la majesté suprême,

(1) Daniel, chap. 3, v. 96 et suiv.

Qu'en sa maison détruite il soit puni de mort.
Et nous aussi, chrétiens, craignons le même sort.
Hélas ! n'attendons pas que la coupe se verse,
Tandis que notre orgueil d'un fol espoir se berce.
Oh ! qu'il est malheureux l'homme blasphémateur,
S'attaquant sans trembler à son Dieu Créateur,
Ou profanant son nom saintement adorable !
Pour des riens bien souvent il se rend très-coupable.
Quelquefois le blasphême, à la fureur poussé,
Brave Dieu sans remords de l'avoir offensé ;
Mais encore s'il va jusqu'à l'apostasie,
C'est être un Julien atteint de frénésie.
Ah ! si Dieu nous punit souvent par des fléaux,
C'est le blasphémateur qui nous cause ces maux.
Dieu réserve ces maux aux nations maudites,
Blasphémant contre lui comme les Ammonites.
Voulons-nous une part au repos bienheureux ?
Respectons son saint nom : il comblera nos vœux.
Mais ce nom adorable, on ne le sanctifie
Que par la foi sincère et par la bonne vie,
Si l'on veut parvenir au céleste séjour
Où l'âme brûlera du feu du pur amour.

De l'humble cœur souvent Dieu se sert pour sa
[gloire ;

Des apôtres jadis telle fut la victoire.
Nous adorons un Dieu qui déteste l'orgueil;
Lucifer y trouva le plus fatal écueil.
Ce vice introduisit le péché dans le monde.
Pour en cicatriser la blessure profonde,
Le Verbe vint s'unir à notre humanité,
Et confondre l'orgueil par son humilité.
L'humilité, c'est donc la vertu souveraine,
Qui purifie en nous notre nature humaine.
Elle est, sans contredit, la première vertu;
Car l'homme qui s'élève est souvent abattu.
Le mépris de soi-même attire en nous la grâce,
Qui de l'orgueil aussi peut détruire la trace.
Si nous avons vraiment l'humilité du cœur,
Avec elle on aura la paix et le bonheur.
Si l'orgueilleux se croit riche et fier de lui-même,
Il doit moins espérer de sa bonté suprême.
Ainsi loin du chrétien un si bas sentiment,
Qui l'expose toujours au plus grand dénûment.
En nous-mêmes rentrons, voyons notre misère;
Si Dieu nous livre à nous, nous ne pouvons rien
Avec notre faiblesse et sans aucun soutien,   [faire.
Si nous n'avons la grâce, hélas! nous n'avons rien.

1*

L'homme agissant alors par sa faible nature,
De ses plus saints devoirs souvent devient parjure.
Quand le chrétien s'abaisse, il en devient plus grand.
Heureux, dit le Seigneur, qui ressemble à l'enfant.
Si Dieu mit en Jésus toute sa complaisance,
S'il voulut de Marie exalter sa puissance,
C'est que l'humilité fut entière en son Fils,
Et que la Mère en eut tous les traits accomplis.
Ayons devant les yeux ces deux parfaits modèles,
Et nous aurons de Dieu les promesses fidèles.
L'humble est comme un trésor qui craint le trop
                                    [grand jour;
C'est dans son cœur qu'il aime à cacher son amour.
Il s'y cache en effet avec inquiétude,
Jusqu'à ce qu'il arrive à la béatitude.
Dans le monde, toujours la sainte humilité,
Des biens et des honneurs montre la vanité,
Honore le prochain, et dans lui rien n'envie
De l'estime et du rang qu'il a pendant la vie.
Elle élève au-dessus de tout vain jugement,
Et c'est celui de Dieu qu'elle craint seulement;
L'âme même en acquiert vraiment de la noblesse,

Et l'Esprit-saint dans l'humble introduit la sagesse.
O pauvreté d'esprit, qui nous rend glorieux,
Et sûrement nous mène au royaume des cieux.

DEUXIEME DEMANDE.

—

Que votre règne nous arrive.

Nous demandons à Dieu le règne de la grâce.
Quoi de plus merveilleux ! quoi de plus efficace !
C'est une arme pour nous contre nos ennemis ;
Elle établit en Dieu des serviteurs soumis,
Emules de la foi pour gagner la victoire,
Elle nous aide, obtient le règne de la gloire.
On ne le sait que trop, quand il s'agit du bien,
La grâce à la nature est le meilleur soutien.
Notre âme, enveloppée en des voiles funèbres,
Se voit souvent plongée, hélas ! dans les ténèbres :
On reçoit du dehors bien des impressions
Qui viennent réveiller toutes les passions.
Comment braver alors du péril l'imminence,
Si la grâce ne vient nous servir de défense ?
Aussi qu'arrive-t-il ? ô suprême bonté !
La grâce nous prévient, et notre volonté,

Toute faible qu'elle est , se trouve plus puissante,
Toujours pour la vertu plus ferme et plus constante.
Quand l'homme est éclairé par ce divin flambeau,
Il obtient, il acquiert un mérite nouveau ;
Chaque jour de rubis lui tresse une couronne ;
Le ciel la lui montre , et la grâce la donne.
Tel est, nous dit saint Paul, le combat de la foi,
Qui fait l'homme héros, l'élève au rang de roi.

  Pour régner dans le ciel détestons l'avarice.
D'une source de maux, c'est encore ce vice.
Que de trouble en ce monde il attire sur nous !
Et d'un Dieu juste il peut attirer le courroux.
Insensible, inhumain, étouffant la nature,
L'avare, pour de l'or, méconnaît la droiture.
On sait depuis longtemps que le bien mal acquis,
A rarement passé du père aux petits-fils.
Qui pourrait ignorer que l'injuste avarice
Est pour un moribond le plus affreux supplice ?
L'injuste dit et croit qu'après lui tout est mort,
Tandis qu'il est certain que l'âme aura son sort.
Mais si vous travaillez à suivre une entreprise,
Que la fraude par vous ne soit jamais commise.

En toute affaire il faut de la sincérité :
Fortune, si l'on veut, avant tout probité.
Mais si l'on meurt, hélas ! entaché de l'usure,
Ce vice met alors le comble à la mesure.
Avare malheureux, à quoi bon ce trésor ?
Bientôt à d'autres mains sera livré ton or.
Chrétiens, ne craignons pas même dans la misère ;
N'avons-nous pas au ciel un bon et tendre père,
Qui revêt et nourrit les plus petits oiseaux,
Donnant aux fleurs des champs les habits les plus
[beaux ?
Homme de peu de foi, point de sollicitude,
Souci des vrais païens, telle est leur habitude.
Votre Père d'en haut connaît tous vos besoins ;
De vos nécessités il se donne les soins.
Pour vous le lendemain est une affaire vaine,
Ces soucis sont à Dieu, chaque jour a sa peine.
Soyez dans la justice et suivez-en la loi,
Le reste arrivera comme prix de la foi.
Il faudra bien quitter un jour cette fortune,
Car déjà votre vie est peut-être importune.
Ne vaudrait-il pas mieux pratiquer les vertus,
Qui nous mériteraient le bonheur des élus ?

Il est tant de bienfaits attachés à l'aumône ;
L'église catholique en est le brillant trône.
'Elle veille attentive, et vite de ses mains
S'échappent tous les dons qu'elle fait aux humains.
Son visage est baigné de larmes de tendresse,
Qui prouvent que son cœur à secourir s'empresse ;
Sa tête resplendit de riches diamants ;
Le saint amour du pauvre a fait ses ornements.
De Lazare ici-bas soulagez la misère,
Et de Dieu vous pourrez éviter la colère.
Oui, si des malheureux vous partagez les maux,
L'enfer ne peut pour vous réserver ses tombeaux.
Donnez, aidez le pauvre en sa pénible voie,
Dans le sein d'Abraham vous goûterez la joie.
Sur la terre, soyez miséricordieux,
Jésus-Christ nous l'a dit : vous serez bienheureux.
    Nous demandons aussi le règne de la gloire,
Qui doit être le prix d'une noble victoire.
Il faut donc tous les jours avoir bien combattu
Pour remporter le prix promis à la vertu.
Le juste alors languit de sortir de la lice,
En faisant de sa vie un humble sacrifice ;
Le monde est sans attraits ; il ne voit que les cieux :

De ses rudes efforts c'est le but glorieux.
Là doit finir l'exil de son âme captive.
Comme l'Hébreu jadis sur l'étrangère rive,
En répandant les pleurs de son affliction,
Déplorait la splendeur de la sainte Sion ;
Ainsi le vrai chrétien, las de la servitude,
N'aspire qu'au séjour de la béatitude.
Son âme, dès longtemps dans les liens du corps,
Appelle ce moment où, rompant ses ressorts,
Elle ira, dans le sein des élus et des anges,
Célébrer à jamais du Très-Haut les louanges,
Pour jouir des douceurs d'une félicité
Qui n'aura point de fin : telle est l'éternité.

   Nous demandons encore un règne de justice,
Qui solennellement condamne un jour le vice,
Surtout pour distinguer les vrais adorateurs
D'avec ceux qui sont morts en méchants serviteurs.
Dans le monde tout brille et tout est éphémère ;
Souvent la vertu souffre et le vice prospère ;
On voit l'ambitieux marcher avec orgueil,
Tandis que la vertu vit souvent dans le deuil.
Mais il viendra, ce jour à jamais mémorable,
Où de tous les humains le grand juge équitable

Nous appellera tous devant son tribunal ,
Pour entendre l'arrêt d'un jugement final.
Il bénira tous ceux qui lui furent fidèles,
Sans retour maudira ses ennemis rebelles.
Les premiers , triomphants , monteront vers les
[cieux;
Les autres descendront dans ces terribles lieux
Où du ver immortel devenant la pâture,
Ils verront à jamais renaître leur torture.
Il est certain ce jour du jugement dernier :
Le nouveau Testament le décrit tout entier.
L'ancien en parle aussi dans différents passages ;
Isaïe en traça de foudroyantes pages.
Mais quel sera le temps auquel il aura lieu ?
C'est là le grand secret qui n'appartient qu'à Dieu.
Il nous importe peu. Cette effrayante époque
Tient aux conseils divins, et rien ne les révoque.
Non, rien n'est plus certain. La résurrection
Pour nous sera le jour de l'apparition.
C'est une vérité certaine, indubitable;
Jésus même l'assure, et pour preuve palpable,
Sorti de son tombeau, brillant d'un nouveau corps,
On le vit parmi nous le premier-né des morts.

Oui, les membres du chef ayant même nature,
Comme lui paraîtront hors de la sépulture.
« Avec ma propre chair je verrai le Seigneur,
Disait Job dans sa foi ; c'est l'espoir de mon cœur. »
   Chrétiens, la foi de Job ne serait pas la nôtre ?
Quoi ! la gloire des corps dont nous parle l'apôtre,
Ne serait pas l'objet de nos ardents désirs ?...
Qu'ils seront glorieux tant d'illustres martyrs !
Comme eux nous pouvons tous acquérir notre gloire ;
En tout, le vrai combat procure la victoire.
Hélas ! malheur à ceux qui, vivant dans le mal,
Meurent impénitents !.. A leur réveil fatal,
Leur front sera couvert de leur ignominie ;
Leur âme leur étant une autre fois unie,
L'un et l'autre, abhorrés aux yeux de l'univers,
Se verront pour toujours plongés dans les enfers.
   Il reste à demander qu'enfin la Providence
Daigne répandre en nous les dons de sa clémence,
Surtout nous détacher des biens faux et trompeurs
Et vers ceux qui sont vrais, de diriger nos cœurs
De protéger l'Église ici-bas militante ;
Seule arche de salut, qu'elle soit triomphante.
Elle encouragera chaque jour les élus

A progresser toujours dans toutes les vertus,
A redoubler d'efforts pour la persévérance,
Seule ancre du salut, notre seule espérance ;
Et, remontant enfin vers son temple éternel,
L'Église introduira ses élus dans le ciel.

TROISIEME DEMANDE.

—

Suivre la voie de Dieu. Soumission aux maux de la vie. Eviter la colère.
Imiter les saints sur la terre et dans le ciel,

———

Que votre volonté soit faite sur la terre comme au ciel.

Nous demandons à Dieu que sa volonté sainte
S'opère sur la terre avec amour et crainte.
Mais comment l'accomplir sans connaître sa loi ?
Elle est pour le chrétien le code de sa foi.
Le sage nous a dit : La loi, c'est la lumière
Propre à nous éclairer durant notre carrière.
Dieu disait à Moïse : Ayez-la sous les yeux,
Et ma loi guidera votre marche en tous lieux.
Le pénitent David y réglait sa conduite,
Il l'avait dans les mains et dans le cœur écrite,
N'ignorant pas que l'homme, à ce divin flambeau
Voit comme à la lueur d'un astre tout nouveau,
Qui montre, en éclairant, quelle est la route à suivre
Chrétiens, pour bien mourir, il faut savoir bien vivre
Oui, David méditait les saints commandements,

Qui sont de la vertu les plus sûrs fondements.
Sur la terre, la vie est sombre et ténébreuse ;
Si la loi ne nous sert de lampe lumineuse,
Nous vivons ici-bas comme des étrangers,
Errant à l'aventure au milieu des dangers ;
Nous l'éprouvons assez, la tache originelle
A laissé dans nos cœurs l'empreinte criminelle ;
Notre mauvais penchant nous porte vers le mal ;
Comment sortir alors de cet état fatal ,
Si nous ne recherchons le bonheur et la joie
Que l'on trouve en suivant de Dieu la sainte voie ?
Soyons soumis, chrétiens, à cette volonté
Que nous impose Dieu, la suprême bonté.
Pourquoi murmurons-nous ? Dieu n'est-il pas le
[maître ?
Adorons ses décrets, et sachons le connaître.
Il règle en souverain tous les évènements ;
Son bras, quand il le veut, dissout les éléments ,
Les compose à son gré, rassemble les orages ,
Atterre les mortels par d'effrayants ravages ,
Suscite quelquefois de terribles fléaux.
Les chrétiens trop souvent méritent tous ces maux .
Dieu veut qu'on se soumette aux disgrâces publiques.

Hélas! il est pour tous des peines domestiques.
Imitons humblement notre divin Sauveur,
Prosterné contre terre au jardin de douleur.
Au dessus de sa tête était l'amer calice
Qui lui représentait son divin sacrifice;
A cet aspect, il dit : O mon Père, éloignez
Ce vase plein de fiel; mais si vous le voulez,
Versez-le tout sur moi, malgré son amertume;
Pour l'homme mon amour de plus en plus s'allume,
C'est votre volonté, j'accepte avec plaisir;
Etre ainsi baptisé, c'est là tout mon désir.
Disons, à cet exemple : O Dieu, qu'elle soit faite,
Votre volonté sainte, et toujours satisfaite!
Frappez sur moi, Seigneur; trop heureux si vos coups
Peuvent vous apaiser, attirer l'homme à vous,
Et m'attachent aux lois que vous m'avez prescrites,
Pour acquérir encor quelques nouveaux mérites.
Ainsi l'homme ici-bas apaise ses douleurs;
En y portant ses croix, il y sèche ses pleurs.
N'avons-nous pas Jésus, modèle de souffrance,
Qui nous promet un jour l'heureuse récompense?
Puissions-nous, ô mon Dieu! toujours vous obéir,
Et de vos droits sentiers ne pas nous départir!

La volonté de Dieu, tout chrétien doit la faire,
Et souvent on le voit sujet à la colère.
A l'homme quelquefois s'il arrive un malheur,
Il en accuse Dieu comme en étant l'auteur;
Et sa bouche aussitôt, vomissant le blasphème,
Profane de son nom la sainteté suprême.
Mais ils ne sauraient, les pauvres malheureux,
Détourner le malheur qui vient peser sur eux.
Ah ! d'eux-mêmes qui sait s'ils n'ont pas à se plain-
[dre,
Si de leur imprudence ils n'avaient rien à craindre !
Que produira d'ailleurs un tel emportement?
Ou que peut-il changer à cet évènement?
A quoi leur sert alors ce violent outrage?
Un chien contre sa chaîne en vain bave de rage.
Que ne dit-on plutôt : O Seigneur, sauvez-nous;
Nous périssons, nos yeux sont élevés vers vous.
Vous êtes notre Dieu, vous êtes notre Père,
Vous pouvez nous aider, et vous voulez le faire;
Mais une qualité qu'on aime en votre cœur,
C'est que vous le devez étant notre Sauveur.
De ma soumission mon salut doit dépendre.
Votre bien, votre honneur vous dit de me défendre.

Le faible et le puissant, la grand et le petit,
Tout devant vous, Seigneur, tombe, s'anéantit.
Notre âme est de vos mains le précieux ouvrage,
Et vous la désirez comme votre partage.
Si je suis affligé, l'orage passera,
La droite du Très-Haut bientôt se changera;
Et ce qui me paraît maintenant difficile,
La grâce désormais me le rendra facile.
Donnez-la-moi, Seigneur, cette grâce du fort;
Non, je ne craindrai plus ce qu'on appelle *sort*.
La nature, il est vrai, sent de la répugnance,
Murmure en s'indignant au seul mot de souffrance.
Puissé-je assujétir ma propre volonté,
Pour imiter de Dieu la suprême bonté.
Il nous endure tous malgré tous nos grands vices.
Ah ! faisons-lui du moins de légers sacrifices.
Ainsi sa volonté vraiment s'accomplira,
Et la paix du Seigneur en vous s'établira.
  Quand même on vous dirait des paroles san-
                                    [glantes,
Qui seraient contre vous des preuves accablantes :
Ecoutez, dit Jésus, j'ai le discernement,
Je porte sur chacun un juste jugement.

Je juge en vérité le crime et l'innocence,
Entre celui qui fait ou qui reçoit l'offense;
Je vois, je connais tout, je suis au fond des cœurs;
Tous les secrets pour moi ne sont jamais trompeurs.
On vous vexe, il est vrai, c'est une sainte épreuve,
Quand de vos vérités on vous donne la preuve.
C'est blessant; mais il faut me le sacrifier;
Pour vous c'est un sujet de vous humilier.
De votre humilité je connais le mérite,
Et de votre ennemi je juge la conduite.
Vous l'avez dit, Seigneur, vos jugements sont saints :
Car vous sondez à fond et les cœurs et les reins.
Comment puis-je montrer soit aigreur, soit colère,
Si je rentre en moi-même et si je considère
Ce que j'ai de faiblesse et de nombreux défauts ?
Si je désire donc qu'on tolère mes maux,
Je dois souffrir autrui, puisque le bon usage
Des contradictions est d'un grand avantage,
Me faisant pratiquer l'humilité du cœur,
Sans laquelle on n'est pas agréable au Seigneur.
    De parfaite douceur, Jésus fut un exemple,
Et dans sa passion que chacun le contemple :
Persécuté, frappé, maudit, injurié,

Colère nulle part, même crucifié,
Ce fut le doux agneau qu'on mène en boucherie,
Et pour tous, sans se plaindre, il immola sa vie.
Jésus ne toucha point à ce roseau cassé (1),
Qui peut facilement être en pièces brisé ;
Il laisse se brûler cette mèche fumante
Qui s'en va s'éteignant par sa flamme plus lente.
À la colère ainsi laissez quelque moment,
Vous la verrez se rompre ou s'éteindre à l'instant.

    La douceur nous est donc heureuse et salutaire ;
Bien heureux sont les doux, car ils auront la terre,
Donnant en abondance et du lait et du miel,
Figure, en vérité, des délices du ciel ;
Terre sainte jadis à nos pères promise,
Et qu'offrent aujourd'hui les douceurs de l'Eglise.

    Esprit-Saint, oui, venez et descendez en nous ;
Et science et conseil, inspirez-les à tous,
Pour obéir à Dieu par amour et par crainte
Dans l'accomplissement de sa volonté sainte.
Guidons-nous sur les pas de notre Dieu Sauveur,
Si nous voulons avoir le prix de la douceur.

(1) S. Math. cap. 12, v. 20.

Que votre volonté par nous soit accomplie,
Comme font vos élus dans l'éternelle vie !
Mais, ô mon Dieu, comment de fragiles humains
Pourront-ils obéir, en imitant les saints ?
En tout leur volonté se conforme à la vôtre ;
Quel moyen, ô mon Dieu, d'y conformer la nôtre ?
Leur esprit est sans voile et leur cœur plein d'amour ;
Des divines clartés nous n'avons qu'un faux jour ;
De tant de passions notre cœur est esclave,
Et partout sur nos pas nous trouvons une entrave.
Nous languissons, hélas ! dans la captivité ;
Notre cœur bat si peu pour la Divinité !
Les saints ont l'esprit droit et la volonté pure ;
Nous sommes les jouets d'une faible nature.
Donnez-nous, ô mon Dieu, la pureté du cœur ;
Renouvelez en nous l'esprit de la ferveur ;
Ah ! qu'il guide nos pas dans la divine voie,
Avec amour et crainte, avec ardeur et joie !
Suivons sa volonté, nous plairons à ses yeux :
Ce n'est qu'en la suivant que l'on arrive aux cieux.

QUATRIEME DEMANDE.

—

Pain matériel. Pain spirituel. Savoir. Prédication. Sacrement de pénitence. Culte public. Lecture. Conversations. Charité envers le prochain. Zèle. Chants religieux. Fête-Dieu. Fréquente communion. Tiédeur, etc.

———

Donnez-nous notre pain de chaque jour.

Confions-nous en Dieu dans sa miséricorde ;
Demandons-lui du pain, toujours il nous l'accorde.
Dieu connaît plus que nous notre état, nos besoins ;
Nul aussi mieux que lui ne peut donner des soins.
Ses enfants rarement manquent du nécessaire.
On peut compter sur lui, toujours il est bon père :
Il donne la pâture aux plus petits oiseaux ;
Sa main s'ouvre et maintient la vie aux animaux.
Pourquoi nous livrons-nous à tant d'inquiétude ?
Nous sommes les objets de sa sollicitude.
Occupons-nous plutôt de notre éternité.
Écoutons Salomon : Tout n'est que vanité,
Que misère et néant, sans l'amour de Dieu même.
Dieu réserve ses dons à toute âme qui l'aime.
Aimer Dieu, son prochain : voilà toute la loi.
Heureux qui la pratique et conserve la foi !

L'aumône, en Dieu fléchit la suprême justice;
Elle est pour les péchés un digne sacrifice.
O riches, habillez les pauvres qui sont nus;
Logez sous votre toit vos frères inconnus.
Souvenez-vous toujours que dans votre abondance,
Vous devez adorer de Dieu la providence.
Ne vous enflez jamais de vos biens superflus;
D'autres les possédaient, mais ils ne les ont plus.
Ah! n'imitez donc pas ce mauvais riche avare.
Qui méconnaît son sort et celui de Lazare?
Donnez aux malheureux, donnez un peu de pain;
Oui, Dieu vous le rendra, si vous êtes humain.
Des pauvres vous devez alléger la misère,
En donnant le surplus de votre nécessaire!
Heureux en soulageant des pauvres les besoins,
Dieu veillera sur vous, vous donnera ses soins.
Un jour ces avocats prendront votre défense,
En implorant pour vous de Jésus la clémence.
Si la charité parle, il saura vous bénir;
Vous recevrez un bien qu'on ne peut plus ravir.
Pauvres, vous habitez une triste patrie,
Vous jouirez des biens d'une meilleure vie.

Voyez et regardez : Jésus, du haut des cieux,
Va changer vos haillons en manteaux glorieux.

   S'il faut du pain au corps, ne faut-il pas pour l'âme
Un pain qui la conforte, et l'anime et l'enflamme ?
Elle vit en ce monde au milieu de brouillards
Qui, pour mieux l'aveugler, tombent de toutes parts.
Dans cette obscurité, notre âme est égarée ;
Elle sort aisément de la route sacrée ,
En suivant à tâtons de tortueux détours,
Elle ne voit partout que tristes et faux jours,
Toujours près de périr dans l'affreux labyrinthe,
Si Dieu ne la rappelle au son de sa voix sainte.
Cette voix, c'est la grâce ; et d'abord ce soutien
Attache l'homme à Dieu par le plus doux lien.
La grâce éclaire l'âme et la guide en sa route,
Montre la vérité, telle qu'elle est, sans doute ;
Pousse la volonté vers de nobles désirs,
Nous anime et console en nos tristes soupirs,
Nous rapproche de Dieu, nous tient en sa présence ;
Notre âme, sans ce pain, tombe de défaillance.

   Mais un autre aliment dont nous avons besoin,
C'est de Dieu la parole, et sans cet autre soin,
Notre âme, comme un corps manquant de nourriture,

Se sèche, s'affaiblit, consume sa nature,
Tombe dans la langueur, dans le péché s'endort ;
Son sommeil est semblable à celui de la mort.
Cette âme va périr si Dieu ne la réveille,
Et si sa sainte voix ne frappe à son oreille.

    Tantôt c'est dans la chaire un ministre sacré
Qui, voulant ramener le chrétien égaré,
Lui présente de Dieu l'indulgence infinie,
Quand on revient à lui pour recevoir la vie ;
Tantôt de ce Dieu juste il prêche la rigueur
Envers l'indifférent, comme envers le pécheur ;
Contre l'impénitent appelle le tonnerre ;
Au vice, non à l'homme, il déclare la guerre,
Montre comment le vice est par nous combattu,
Exhorte au repentir, enseigne la vertu,
Encourage le juste à la persévérance,
En lui montrant au ciel la juste récompense.

    Tantôt c'est l'humble prêtre assis au tribunal,
Chargé de révoquer de Dieu l'arrêt fatal.
Il délie, il absout du plus horrible crime,
Dont la contrition est seule la victime,
Rétablit dans ses droits un humble pénitent
Et d'un grand criminel en fait un innocent.

Joyeux, le chrétien peut, à la table sacrée,
Venir goûter la manne aux anges préparée,
Délice des élus, vrai pain de charité,
Qui nous aide à marcher à l'immortalité.

Mais voilà que dans l'air un son se fait entendre;
Dans nos temples sacrés le chrétien vient se rendre.
La cloche retentit ; le Dieu du monde entier
S'est choisi parmi nous un lieu particulier,
Où l'ornement auguste et la pompe des fêtes,
Et l'édifice même et ses antiques faîtes,
Nous y font vénérer la majesté d'un lieu
Qui se trouve ici-bas le trône du vrai Dieu.
Sa gloire, en vérité, brille dans la nature,
Mais ici vient l'auteur de toute créature.
Oui, lorsque dans son temple on est devant l'autel,
Je ne sais quoi nous dit : Ici vient l'Eternel !
C'est la Sion nouvelle, oh ! oui, c'est sa demeure ;
C'est son lieu de repos, il y règne à toute heure;
Tout y respire amour, recueillement, respect ;
Là tout parle à l'esprit, au cœur. A cet aspect,
Le chrétien se prosterne au pied de ce saint trône ,
Humilié, contrit, à son Dieu s'abandonne,
Le prie avec ferveur, l'adore en gémissant,

Se relève joyeux, le cœur reconnaissant.

Un Dieu caché réside au fond du tabernacle ;
C'est de l'amour divin le plus parfait miracle ;
Et sans que notre voix exprime un léger son,
Il entend le sujet, l'ardeur de l'oraison ;
Il porte nos douleurs, nous calme dans nos craintes;
Et comme un tendre père en ses douces étreintes,
Nous embrasse et nous dit: Mon fils, à moi ton cœur;
Je suis et je serai désormais ton Sauveur.

Mais écoutons : l'Eglise entonne ses cantiques,
Que répètent d'en haut les concerts angéliques ;
L'âme en est pénétrée, et le cœur s'animant,
S'élève en ses désirs jusques au firmament.
De la gloire divine on chante les louanges,
Que les pasteurs jadis entendirent des anges.
Bientôt à haute voix les chrétiens réunis
Proclament de leur foi les dogmes définis,
Et tous représentés dans l'antique symbole
De la foi de Nicée, immuable parole.
L'innocent Isaac manque encor sur l'autel.
Le prêtre le demande, et Jésus immortel,
Quoiqu'invisible y vient, se fait pour nous victime,
Pour affermir le juste et pour laver le crime ;

Des vivants et des morts, unique oblation,
Pain sacré du salut, de bénédiction ;
Agneau du Dieu vivant, victime salutaire,
A la voix de son prêtre il descend sur la terre,
Se communique à l'homme et s'incorpore à lui ;
Cet ancien sacrifice est toujours d'aujourd'hui ;
Et tant que de son sang le cri se fait entendre,
Toujours il nous protège et cherche à nous défendre.
Notre divin Sauveur est l'innocent Abel
Qui pour notre salut s'immole sur l'autel.
Jamais sang ne coula dont la voix éloquente
Fut en notre faveur plus sainte et plus touchante ;
Non, jamais on ne vit un peuple en aucun lieu
Qui, comme le chrétien, eût près de lui son Dieu,
Voulant être envers nous toujours bon, plein de grâce,
Victime des péchés que sans cesse il efface ;
Vrai prince de la paix, il reste parmi nous
Jusqu'au dernier éclat du céleste courroux ;
Et quand sera venu le jour épouvantable,
Puisse-t-il, ô mortels, nous être favorable !
    Il est une autre voix qui parle à notre cœur.
Oui, si de la lecture on aime la douceur,
On y trouve des traits tout pénétrants de charmes,

Qui sont pour la vertu les plus puissantes armes.
J'entends parler ici seulement d'un bon livre,
Et non de ces écrits dont la lecture enivre,
Où l'on prend le poison sous la douceur du miel,
Et l'on boit à longs traits dans la coupe du fiel.
Subtils et dangereux, dans les feuilles publiques,
Les romans, feuilletons, le plus souvent sceptiques,
Armés de leur faconde ou bien d'affreux bons mots,
En imposent au peuple et font rire les sots ;
Ces corrupteurs de mœurs séduisent la jeunesse,
Qui devient malheureuse en perdant la sagesse.
Que peut notre raison sujette au sot orgueil ?
Téméraire, elle va se heurter à l'écueil.
Prodiguant le mensonge, et le sel et l'injure,
De cent masques divers on revêt l'imposture ;
On séduit l'ignorant, on nargue l'homme instruit
Mentir est le seul art, tromper est tout l'esprit,
Faisant du vice un jeu, du scandale une école,
De la saine morale une vaine parole,
Enveloppant l'esprit d'un style captieux,
On perd à la lueur d'arguments vicieux,
En proclamant tout haut de la raison l'empire.
Oh! que l'homme est à plaindre alors dans son délire!

Il verra son malheur dont il devrait frémir,
Quand il sera réduit à pleurer et gémir.
C'est fait de lui si Dieu, de sa céleste flamme
N'environne, n'éclaire et ne guide son âme.
Le vrai sage comprend le besoin de la foi ;
Marcher à ce flambeau, c'est avant tout sa loi.
Pour lui le premier livre est la sainte Écriture ;
Il n'en néglige pas la divine lecture ;
Il y voit tout dépeint pour plaire dignement ;
Tout y parle à l'esprit, tout parle au sentiment ;
Non, jamais on ne vit orateurs, ni poètes
S'élever aussi haut que l'ont fait les prophètes.
Sans ces vains ornements qu'à grands frais cherche
                                 [l'art,
Sans vain emploi de mots, sans étude et sans fard,
L'Esprit-Saint a dicté ses sublimes oracles
Qui, pour l'esprit humain sont toujours des miracles.
Au langage il fallait un air d'autorité
Qui pût servir de preuve à sa divinité,
Imprimer le respect de sa sainte parole,
Surtout faire fléchir notre raison frivole.
   Mais cette majesté qui ravit le lecteur,
Eût moins atteint son but sans un air de douceur.

En nous instruisant, Dieu, d'une façon divine ,
A bien su s'abaisser à l'humaine origine ;
En ménageant surtout notre faible raison ,
Il nous rend bien aisés le mot et la leçon.
Sa voix pour le génie est extraordinaire,
Mais pour le simple elle est facile et populaire.
Non, il ne fut jamais de livre si parfait
Qui fût pour le lecteur d'un si puissant attrait.

J'aime à me rappeler Basile et Chrysostôme,
Grégoire, Cyprien, Augustin et Jérôme,
Admirateurs zélés de nos livres divins,
Les méditant sans cesse, et devenant des saints.
Lisez-les, disaient-ils, à chacun des fidèles ;
C'est là que l'âme prend de poétiques ailes,
Se ravit en extase et se transporte aux cieux,
Pour contempler là-haut les trônes glorieux.
Il faut la foi d'un Paul pour un tel ascétisme,
C'est le sublime essor du vrai catholicisme.
Considérons plutôt les touchantes leçons,
Que présente la Bible en toutes les façons

Ici, c'est le pieux, le généreux Tobie,
Pour ses frères captifs vouant ses biens, sa vie.
Plus loin, c'est Job en proie à d'amères douleurs,

Patient, résigné, chrétien dans ses malheurs.
Là, le jeune Joseph dont la chaste innocence
Reçoit de sa vertu la digne récompense.
Ailleurs, on lit d'Esther la fervente oraison,
Fléchissant de son roi la docile raison ;
Et l'orgueilleux Aman, ce farouche ministre,
Forcé de prononcer sa sentence sinistre.
On voit encore ailleurs le jeune Daniel
Confondre trois vieillards, trois sages d'Israël ;
Lui seul les interroge et dément l'imposture ,
Rendant tout son éclat à l'innocence pure.
Abraham obéit, Isaac va périr ;
Son Dieu veut le sauver, son Dieu veut le bénir.
Tout est édifiant. On voit à chaque page,
Partout de la vertu quelque frappante image.
Ces hommes aimaient Dieu, leurs œuvres le mon-
                                        [traient,
Comme autant de témoins de tout ce qu'ils croyaient.
L'Écriture est la voix magnifique et terrible
Qui frappe le mortel pour le rendre sensible ;
C'est encore une voix de force et de douceur,
Appelant les brebis auprès du bon Pasteur.
Entendre cette voix avec indifférence ,

C'est pour l'homme un malheur plus grand que l'on
[ne pense ;
Mais la couvrir surtout d'un dédaigneux mépris,
Des biens reçus de Dieu c'est perdre tout le prix.

Il est encor pour l'homme une voix plus commune,
Qui n'est pas moins pour lui saintement importune.
N'ont-ils pas leur valeur ces remords déchirants
Qui sont pour le pécheur nuit et jour des tyrans ?
Ne possédant jamais la paix de conscience,
Il se torture en vain pour excuser l'offense,
Méprisant du Pasteur les discours, les conseils,
Qui seraient pour son cœur comme autant de réveils.
Jusqu'à quand, dit David, suivrez-vous le men-
[songe ?
Savez-vous, ô mortels, que la vie est un songe ?
Pourquoi donc vous voit-on remplis de vanité ?
Est-elle sans attraits, l'auguste vérité ?
Vous vous plaisez sans cesse à critiquer les autres,
Etes-vous sans défauts ? Regardez donc les vôtres.

Mais si votre ignorance ou bien le faux soupçon
Vomissait méchamment un infernal poison ;
Si par le noir pinceau de votre calomnie,
L'innocence sacrée est par vous avilie,

Craignez le sort maudit de ces pharisiens ,
Persécutant Jésus, l'auteur de tous les biens ,
Contre lui soulevant vil et faux témoignage ,
En brûlant d'assouvir et leur haine et leur rage.
Etes vous envieux ? L'homicide Caïn
Doit vous faire trembler par son affreux destin.
Contre votre ennemi, que pourra votre intrigue,
Si vous avez le sort du frère du prodigue ?

    La langue a bien souvent de funestes effets :
Le monde est un théâtre abondant de ces faits.
La parole et le chant engendrant des souillures,
Pour l'auditeur souvent sont des vapeurs impures.
Comme d'une eau fangeuse arrêtez-en le cours ;
Soyez toujours prudent, chaste dans vos discours.
Point de duplicité, car la langue hypocrite
Revenant contre vous, par vous serait maudite.
N'en doutez pas, hélas ! elle donne son fruit :
Malheur, trois fois malheur, s'il est de Dieu proscrit !
La charité chrétienne ouvre à peine la bouche,
Ranime et réjouit ce que son souffle touche.
Sa voix sait consoler, apaiser les douleurs,
Endormir la blessure et dessécher les pleurs.
Elle ne juge point sur la simple apparence,

Mais, discrète, elle garde une sage prudence ;
Ne disant jamais rien qui puisse vous aigrir ,
Au contraire, son son cherche à vous adoucir.
Sa voix, dans les conseils, a je ne sais quels charmes
Qui dans le blâme même, adoucissent les larmes.
Cachant sur son prochain ce qu'on connaît de lui ,
Elle est son propre juge et non juge d'autrui.
Elle étouffe la haine et calme la colère ;
Sa douceur est toujours la douceur d'un bon frère.
Elle a dans la parole un sel doux et piquant,
Qu'assaisonne la grâce avec un air touchant.
Sa voix dans la prière est toujours admirable ;
Envers elle on ne peut rester inexorable ;
Et si pour le prochain on demande pardon,
C'est la voix de l'amour qui prend d'un Dieu le ton.
On ne saurait compter les importants services
Que la charité rend dans tous ses exercices.
Mais cette voix , surtout près du lit d'un mou-
[rant,
S'anime par la foi, prend un divin accent.
Quand l'âme va sortir du séjour de la vie,
Cette âme entend ces mots : Vole vers ta patrie !

   Dirai-je maintenant les insignes bienfaits

Que rend la charité féconde en ses effets?
Elle est pleine toujours de vigueur, d'éloquence,
En montrant à l'esprit les dons de la science.
Mais admirons saint Paul chez les Corinthiens,
Lorsqu'il parlait du don nécessaire aux chrétiens :
   « Oui, quand je parlerais un langage angélique,
» Quand je serais doué d'un esprit prophétique,
» C'est sans la charité tout comme un son d'airain,
» C'est redire à l'oreille un ennuyeux refrain.
» Aurais-je pénétré de Dieu tous les mystères,
» Ou bien distribué tout mon bien à mes frères;
» Aurais je enfin livré mon corps à des bourreaux,
» Pour le faire brûler ou hacher par morceaux?
» Oui, sans la charité c'est martyre inutile ;
» Oui, sans la charité c'est être une âme vile (1). »
   Par un Vincent de Paul ce langage compris
Lui fournit des moyens non encore entrepris.
Que de fondations par ses mains commencées,
Et qui jusqu'à nos jours ont été conservées!
Oui, si l'on vit jamais un héros bienfaisant,
C'est quand la charité nous donna cet enfant.

(1) I. Corinth., cap. 13.

Que d'obstacles partout n'avait-il pas à rompre ?
Mais dans son zèle ardent rien ne peut l'interrompre.
Quand la religion veut produire le bien,
Elle est du plus petit le plus ferme soutien.
La charité choisit Vincent pour son apôtre,
Et lui fit part d'un don préférable à tout autre.
Tout inspiré, Vincent, actif à s'en servir,
Avait un moyen sûr de pouvoir réussir.
Son éloquence était ardente et naturelle,
Subjuguant sans efforts l'âme la plus rebelle :
Et les secours soudain à flots se répandaient,
Volaient à la misère et partout soulageaient.
O sainte charité ! voilà donc ta puissance.
La foi doit te céder ainsi que l'espérance :
Toutes deux cesseront ; à toi l'honneur sans fin
De l'éternel *Sanctus* dans ton chant tout divin.
   J'entends d'autres accents ; quelle est cette har.
                                        [monie ?
C'est d'un concert d'enfants, la douce mélodie !
On l'entend à l'église, où de ces voix le son
Dans un accord parfait se trouve à l'unisson,
Où l'orgue imitatif accorde sa musique,
Elevant jusqu'au dôme un merveilleux cantique.

C'est là que ces enfants, d'une voix de concert,
Chantent l'hymne de gloire et font retentir l'air;
A bénir le vrai Dieu conjurant la nature
Par le chant de leur voix tout innocente et pure,
Comme le roi David admirant dans les cieux
Le Dieu qu'il publiait en hymnes glorieux.
Telle est dans les enfants la louange naïve,
Qui de leur bouche sort et naturelle et vive.
Si le chœur a de plus les sons des instruments,
Qui soient, dans tous leurs tons, parfaits et concor-
[dants,
On se souvient alors des grands chœurs hébraïques
Où David entonnait ses psaumes prophétiques.
Alors l'âme s'élève et, franchissant les airs,
Croit entendre des saints les immortels concerts.
Si des femmes les chœurs à voix sonore et fine
Célèbrent à leur tour la majesté divine,
L'oreille étant frappée, on ressent dans le cœur,
Je ne sais quoi de tendre et rempli de douceur.
Dans nos temples, telle est la beauté des orchestres,
Vraiment supérieurs aux opéras terrestres :
Là, toujours l'âme entend des sons mélodieux;
Là, toujours le cœur aime à s'élever aux cieux.

Que dire maintenant de la plus belle fête,
Dieu sortant du lieu saint, à se montrer s'apprête.
Vois, ô mon âme, un Dieu, captif de son amour,
Qui daigne tous les ans apparaître au grand jour.
Il désire lui-même, en pompe solennelle,
Manifester à tous sa présence réelle,
Par des biens infinis nous prouver sa bonté,
Se faire tout à tous : telle est sa volonté.
C'est en ce jour qu'il aime à la rendre publique,
En se montrant pour nous clément et pacifique.
O terrestre Sion, c'est ton jour d'*Hosanna;*
A toi bien mieux qu'aux Juifs le chant d'*Alleluia.*
Prends, ô sainte Sion, ta lyre poétique,
Et de Thomas d'Aquin entonne le cantique :
Tu vas chanter ton Dieu, ton chef et ton Sauveur,
Paraissant dans tes murs pour être ton pasteur.
O miracle d'amour ! ô bienfaisant mystère !
Oui, au défaut des sens, ayons la foi sincère.
O la fête admirable ! Existe-t-il un lieu
Où ne soit en honneur la fête de mon Dieu ?
Non, au-delà des mers, au faîte des montagnes,
Dans les villes, les bourgs, dans toutes les cam-
                                    [pagnes,

2*

Croyant en Jésus-Christ, les peuples, en chantant,
Prosternés à ses pieds, l'adorent en tremblant.

    Ainsi Jésus paraît à tous en grand spectacle.
Quelques moments après il rentre au tabernacle.
Là, toujours doux et bon, il nous appelle à lui,
Viens, donne-moi ton cœur, je serai ton ami ;
Aujourd'hui j'y voudrais établir ma demeure ;
Qu'elle est longue pour moi ! qu'elle tarde cette
                                       [heure !

Du poids de tes péchés je te vois surchargé ;
Courage, viens à moi, tu seras soulagé.
Viens, je veux te donner un aliment de vie,
Qui sert à nourrir l'âme et qui la fortifie,
Et dont la vertu même au corps pourra servir,
Pour qu'il porte sa croix et sache mieux souffrir ;
Cette manne, c'est moi ; de ce pain l'apparence,
Cache en réalité ma divine présence.
Pour unir l'homme à Dieu je suis la charité ;
Je lui donne mon corps et ma divinité.
Quoique prêtre éternel, je suis le sacrifice
Pour l'expiation toujours le plus propice.
Mes ministres sacrés, tous les jours sur l'autel,
Le font en ma mémoire ; et, toujours immortel,

J'obéis à leurs voix , victime volontaire ,
Sans jamais cesser d'être aux hommes salutaire.
Je suis le sacrement du plus parfait amour ;
Viens, mon enfant, ah ! viens l'éprouver en ce jour.

   Il dit : aussitôt l'âme , à cette voix docile,
Pure à la vérité, mais créature vile ,
Se présente en tremblant au céleste banquet.
L'homme à ce festin seul peut devenir parfait.
Elle approche, cette âme , indigne de paraître
Devant un Dieu si bon, son sauveur et son maître ;
Comme le centenier conjurant le Sauveur,
En lui disant ces mots émanés de son cœur :
Je ne mérite pas de rentrer dans la vie ;
Seigneur, une parole, et mon âme est guérie.
Jésus lui dit alors : Puisque tu viens à moi,
Je veux être le prix que mérite ta foi.
Non, l'âme ne craint rien quand je suis avec elle ,
Mon corps peut la garder pour la vie éternelle.
O banquet où Jésus de sa chair nous nourrit !
Mémorial sacré de la mort qu'il souffrit,
Où la grâce soutient notre nature humaine,
Pour la gloire à venir, espérance certaine.
Mon Dieu, je vous adore et je vous crois présent,

Quoiqu'aux yeux ce ne soit que du pain apparent.
O divin aliment, aux hommes salutaire,
Vous descendez du ciel pour l'ouvrir à la terre !
Pain vivant, le soutien de l'homme voyageur,
Jusqu'à ce qu'il arrive à l'éternel bonheur.

Nous comprenons en nous l'existence de l'âme ;
C'est un souffle divin, une céleste flamme ;
Un Dieu nous la donna ; ne peut-il, par amour,
Demeurer dans ce pain sans se montrer au jour ?
Vous le pouvez, Seigneur, oui, par votre puissance ;
J'adore vos desseins et votre providence,
Je suis votre chef-d'œuvre en me faisant de rien,
Vous êtes de mon cœur le juste souverain.
Je crois, mais d'une foi toute vive et sincère,
Puisque sans elle à Dieu l'homme ne saurait plaire.
Que rendrai-je au Seigneur pour un si grand bien-
[fait ?
Il ne pouvait me faire un présent vrai plus parfait ;
Il daigne m'appeler à la table des anges,
Ne lui dois-je donc pas un tribut de louanges ?
Il demande mon cœur ; est-ce trop lui donner ?
A quel meilleur ami puis-je l'abandonner ?
Où peut-il être mieux qu'en sa volonté sainte ?

Entre de telles mains il peut battre sans crainte ;
Il me donne toujours ces purs et saints désirs
Qui m'arrachent souvent les plus tendres soupirs.
Après tout, que peut-on souhaiter dans la vie,
Qui remplisse du cœur la grandeur infinie ?
Ou que peut-on aimer, si ce n'est vous, ô Dieu !
Notre honneur en tout temps, notre part en tout lieu ;
Beauté toujours ancienne étant toujours nouvelle,
Toujours brillante et pure, immuable, éternelle.
Puisse mon cœur constant ne jamais oublier
Que c'est à vous, Seigneur, qu'il se doit tout entier,
Et que dans sa conduite, en toutes circonstances,
Mon cœur garde à jamais vos saintes ordonnances.

Mais ce cœur, ô mon Dieu, si plein de beaux élans,
Peut se décourager, faillir à tous instants,
Tant il est faible, hélas ! et penché vers la terre !
Séchant comme le foin, languissant de misère,
Il respire souvent un air contagieux,
Qui développe en nous un germe vicieux.
Il sert de proie au mal, auquel il est en butte,
Et fait en succombant une triste rechute.
Il faut donc que souvent il ait recours à vous ;
Vous êtes mon Sauveur, l'antidote est bien doux.

Donnez pour me guérir, ah! donnez-moi la force;
Notre nature, hélas! est pour nous une amorce.
La lutte est impuissante, et, seul, le pain sacré,
Pourra soutenir l'homme en la vie égaré,
Et le rendre assez fort contre qui peut lui nuire,
Contre ses passions lui donner de l'empire.
Oui, ce pain c'est Jésus ranimant la ferveur.

Ah! gardez-nous, mon Dieu, de la froide tiédeur;
Voulant, ne voulant pas, partout un rien l'arrête;
Quand il s'agit du bien jamais elle n'est prête.
Ce qui l'effraie encor, c'est le respect humain,
Qui ralentit sa marche ou lui retient la main;
Parfois glaçant son cœur, ramollissant son âme,
Il étouffe bientôt du saint zèle la flamme;
Mais souvent d'autrefois c'est un abattement
Où l'âme s'assoupit et rêve tristement;
Comme si Dieu devait toujours la secourir,
Et ne pas la laisser parfois un peu souffrir.

Nous devons éviter les fautes vénielles,
Qui disposent toujours aux graves et mortelles.
Gardons-nous d'approcher, en état de tiédeur,
Des mystères sacrés avec un faible cœur.
Des péchés véniels, ne craignant pas le piège,

On peut facilement devenir sacrilège.
Ah ! détournons de nous la grandeur de ces maux,
Pour l'homme ce serait le plus grand des fléaux ;
Oui, commettre gaîment une faute légère,
C'est aimer le péril, c'est être téméraire,
Et l'on a vu souvent ces imperfections
Causer à l'imprudent bien des déceptions.
On doit donc, approchant de la très-sainte table,
Apporter la ferveur dont notre âme est capable,
De la faute légère avoir du repentir,
Y renoncer surtout par un ferme désir;
Prendre le pain des forts contre notre faiblesse,
Sans nous inquiéter de notre sécheresse.
Excitons nous enfin le plus parfaitement
A préparer nos cœurs au divin Sacrement.
　　Qu'on lise à ce sujet le livre dont les pages
Pour Fontenelle étaient le plus beau des ouvrages,
Que l'on ait jamais vus faits par un écrivain.
Un seul est avant lui, l'Évangile divin.
Corneille même a vu, dans ce sublime livre,
Des moyens excellents pour apprendre à bien vivre.
Ce n'est pas tout : Jésus est en scène introduit ;
Jésus parle au chrétien, par la main le conduit,

L'encourage toujours par sa douce parole,
Le vrai chrétien progresse à cette sainte école ;
Chaque jour il apprend à devenir parfait,
S'efforçant d'imiter de Jésus quelque trait
Pour se mettre au-dessus de sa faible nature,
Et la rendre surtout et plus haute et plus pure.
J'entends, Jésus me dit : Eh! pourquoi tardez-vous?
Accourez et goûtez combien mon joug est doux !
Loin de vous le scrupule et toute inquiétude ;
Faitez-vous pour les vaincre une heureuse habitude;
Devenez vigilant dans vos tentations,
Soyez ferme à lutter contre vos passions ;
Venez souvent puiser aux sources de la grâce,
L'âme y devient plus pure et tout péché s'efface.
Le pain matériel est du corps l'aliment,
Mais le vrai pain de l'âme est dans mon Sacrement.
Elle a toujours besoin d'une nouvelle vie;
Contre ses ennemis qu'elle se fortifie ;
Si votre âme est malade, oui, comme médecin,
J'offre pour la guérir un remède divin.
    Certain roi, de son fils célébrant l'alliance (1),

_____

(1) Mat., cap. 22, v. 1 et seq.

Invita ses amis à la réjouissance ;
Mais chacun alléguant un prétendu devoir,
Le maître du festin attendit jusqu'au soir.
Voyant la salle vide, il dit aux domestiques :
Allez vite, invitez sur les places publiques,
Ceux que vous trouverez, faites-les tous venir,
J'exclurai mes amis, c'est là mon bon plaisir.
On accourt, et le maître en entrant dans la salle,
Y voit un convié sans robe nuptiale.
Sans votre riche habit vous êtes donc venu ;
Mon ami, lui dit-il, vous n'êtes point reçu.
L'homme resta mnet, et le maître en colère
Ordonne aux serviteurs de le mettre en arrière,
Soudain de le chasser, méritant d'être exclus,
Indigne d'être admis au festin des élus.
  Qu'est-ce dire ? avez-vous dans l'âme des souil-
                                    [lures ?
Une autre Siloë vous offre ses eaux pures ;
Allez, créez en vous un cœur pur et nouveau,
Et venez vous asseoir au banquet de l'Agneau.
Si la loi de Jésus doit être notre guide,
L'aliment de sa chair nous rend l'âme splendide.
  Si je ne puis, Seigneur, la goûter chaque jour,

Je la désirerai par des soupirs d'amour :
Trop heureux quand j'aurai votre sainte visite ;
Vous l'accordez pour prix d'une bonne conduite.
Venez-en moi, Seigneur, y vivre, y demeurer ;
Non, non, je ne veux plus de vous me séparer ;
Vous seul à mes désirs pouvez toujours suffire ;
Votre présence vaut un trésor, un empire ;
Sur la terre je veux enfin vous recevoir,
Puissé-je dans le ciel vous posséder, vous voir !

    Ah! qu'ils sont malheureux ceux dont l'indifférence
Néglige de ce pain la divine excellence ?
Aussi qu'arrive-t-il ! leur âme s'engourdit,
S'affaisse en attendant, se dessèche et languit ;
Faute de l'aliment, pour elle nécessaire,
Elle encourt le péril de mourir de misère.

    Triste état ! mais un autre est encor plus mortel,
Celui de profaner du Dieu vivant l'autel,
En osant recevoir le vrai pain de la vie ;
Quand du péché la honte ou bien l'hypocrisie
Vous a fermé la bouche, il n'est point de pardon ;
Aux yeux de l'Homme-Dieu vous n'êtes qu'un démon.
Si l'on a déguisé quelque action infâme,
Dont l'énorme noirceur donne la mort à l'âme,

Qu'on tremble en prenant part au divin sacrement ;
On va manger alors son propre jugement.
On ressemble à Judas : de Satan les sept pièges
Sont personnifiés par les cœurs sacrilèges.
C'est le plus grand malheur dans notre affreux destin ;
Nous marchons aveuglés vers la plus triste fin.
Que l'homme donc s'éprouve avant la sainte scène.
Si l'on y vient souillé, que de maux elle entraîne !
Oui, bien loin d'y trouver la paix et la douceur,
On a d'affreux remords et l'éternel malheur.

CINQUIEME DEMANDE.

—

Fuite du péché. Purgatoire. Indulgences. Jubilés. La confession. Pardon du prochain. La clémence. La haine. L'envie. L'amour des ennemis. La réconciliation.

———

Pardonnez-nous nos offenses comme nous pardonnons à ceux qui nous ont offensés.

Hélas! parmi nos maux, celui dont le ravage
Afflige les mortels, les accable à tout âge;
Celui qui de Satan nous fait les serviteurs,
Et qui d'un juste Dieu nous rend les débiteurs;
Celui qui sur nous tous tant d'autres maux attire,
Et pousse quelquefois nos âmes au délire;
Celui qui contre nous est sans cesse un bourreau,
Et crée en nous toujours un supplice nouveau;
Celui qui nous poursuit pendant notre carrière,
Pour empêcher le bien oppose une barrière,
Nous tient dans ses lacets par des chaînes de fer,
Pour nous perdre à jamais en nous ouvrant l'enfer;
Celui qui par l'orgueil pénétra dans le monde,
En laissant dans le cœur sa blessure profonde;

Ce mal c'est le péché, qui chez un Dieu vengeur
Doit attirer sur nous l'arrêt de sa rigueur.
En vérité, ce mal tient à notre nature,
Depuis qu'elle a perdu sa première figure ;
Mais d'où vient ce plaisir si triste et si nouveau
Qui nous fait avaler le péché comme l'eau ?
Si nous savions au moins par quelques pénitences
alléger, réparer nos nombreuses offenses,
Nous acquitter enfin de notre effrayant dû,
Diminuer un compte à l'iota rendu ;
Si nous savions encor nous rendre Dieu propice,
En offrant de nos cœurs un humble sacrifice,
En acceptant les maux qui nous sont envoyés,
Afin que de plus grands nous soyons délivrés :
A l'heure de la mort nous aurons compte à rendre
Sans que contre son juge on puisse se défendre ;
On dirait à nous voir, comme nous agissons,
Avec tous ces plaisirs qu'en tout nous recherchons,
Que le monde est vraiment notre seule patrie,
Et qu'après notre mort il n'est point d'autre vie.
O la funeste erreur ! Ce n'est cependant pas
Ce qu'ont fait bien des saints avant leur beau trépas ;
Vivant mortifiés, pénitents sur la terre,

5

La crainte fit en eux un effet salutaire ;
Ayant de leur péché une vive douleur,
Ils offraient à leur Dieu l'humilité du cœur ;
Souvent ils pratiquaient de dures pénitences,
Pour éviter de Dieu les terribles vengeances ;
Ils conservaient en eux ce profond sentiment,
Et voyaient en esprit le dernier jugement.
Un Jérôme effrayé s'imaginait entendre
La trompette invitant les peuples à s'y rendre,
Jugement solennel pour tout le genre humain,
Où sera proclamé de chacun le destin.

   Ils redoutaient aussi dans Dieu cette justice
Qui sans nous condamner à l'éternel supplice,
Exige cependant que tout soit réparé,
Puisqu'il faut dans le ciel que tout soit pur, sacré ;
Sans quoi nous subirons les feux du purgatoire,
Avant que d'être admis au séjour de la gloire.
Pouvons-nous espérer, comme le bon larron,
D'avoir de nos péchés un absolu pardon ?
Combien s'en trouve-t-il, au sortir de la vie,
Dignes de recevoir une gloire infinie !
Hélas ! je vois les saints, après l'austérité,
Douter de tous leurs droits à la félicité.

Les Martyrs par leur sang recevaient le baptême,
Mérité par leur mort la couronne suprême ;
On en voyait aussi, par leur austérité,
Acquérir de vrais droits à la félicité.
Bien d'autres, ignorés dans leur vie obscure,
Ont mérité de voir du ciel la clarté pure ;
D'autres ont pratiqué d'héroïques vertus,
Et dû participer au bonheur des élus ;
Mais des chrétiens sans doute, et c'est le plus grand
                                        [nombre,
En sortant de la vie entrent dans ce lieu sombre,
D'où l'on ne sort qu'après qu'un compte rigoureux
Satisfait un Dieu juste et rend pur à ses yeux.
    L'Eglise a donc raison dans le saint sacrifice
De vouloir apaiser la suprême justice,
En offrant sur l'autel l'Homme-Dieu rédempteur,
Des vivants et des morts divin libérateur.
Qui mieux que lui pouvait pleinement satisfaire,
Désarmer du Très-Haut la très-juste colère.
Lorsqu'ils vont s'abaisser, ses bras enfin lassés,
Sur les vivants par lui trop longtemps menacés ?
Pourtant de ces péchés et de ces négligences,
Que notre Dieu si saint doit appeler offenses,

Qui mieux que Jésus-Christ pouvait les effacer ?
Il vient au milieu d'eux, et c'est pour y tracer
De son nom immortel les divins caractères,
Leur seul et grand espoir dans toutes leurs misères.
Vivement tourmentés par des feux dévorants,
Ils poussent vers le ciel des soupirs déchirants ;
Le sang du Christ y coule, et c'est cette rosée
Dont leur fournaise ardente est sans cesse humectée,
Qui, les rendant plus purs, ranime leur espoir,
Avance à chaque instant ce doux, cet heureux soir,
Après lequel un jour brillant et sans nuage
Leur ouvrira du ciel l'immortel apanage ;
En s'unissant aux chœurs des saints et des élus,
Leur joie éclatera par l'éternel Sanctus.

L'Eglise par ses vœux nous aide pour la grâce ;
Elle absout des péchés et seule les efface ;
De la miséricorde elle ouvre le trésor,
Où se trouvent des biens plus précieux que l'or.
Ces biens après la mort nous seront applicables,
Si nous faisons surtout des œuvres charitables :
Prier, faire l'aumône et se mortifier,
Ont leur juste valeur et nous font expier ;
Mais nous avons de plus les infinis mérites

Que Jésus par sa mort nous acquit sans limites,
Et ceux que notre Mère et les Saints ont acquis;
Ces biens si précieux nous sont toujours transmis;
Et c'est là ce trésor que possède l'Eglise,
Qui veut qu'à tout moment on y vienne, on y puise.
Elle le répartit par cette autorité,
Qu'à son chef vrai légat de la divinité.
C'est ce que l'on connaît sous le nom d'indulgences,
Dont la vertu remet la peine des offenses,
La peine pour le temps que l'on doit au Seigneur,
Quand l'âme comparaît devant un Dieu vengeur;
Pourtant de cette peine, il n'en fait l'abandon
Qu'après qu'on a reçu du péché le pardon.
L'indulgence non plus ne veut pas qu'on s'exempte
De faire tant qu'on vit pénitence constante.
Sainte religion, tes biens sont infinis,
Le salut est en toi, possédant Jésus-Christ;
Avec toi, sainte Eglise, on a toute ressource;
Tu contiens des pardons la véritable source.
    L'Eglise de la terre avec celle des cieux
A fait pour les chrétiens un pacte glorieux;
On demande ici-bas et d'en haut elle accorde,
Et c'est pour le chrétien qu'existe la concorde.

Aussi remarque-t-on qu'en bien des temps divers
Pour les chrétiens l'Eglise à ses trésors ouverts.
Chez les Juifs existait un solennel usage,
Rétablissant chacun dans son propre héritage :
Au bout de cinquante ans entiers et révolus,
A leurs vrais possesseurs les biens étaient rendus,
Et les Juifs achetés ou vendus comme esclaves,
Etaient au Jubilé libres de leurs entraves.
Il est bien plus heureux, le chrétien d'aujourd'hui ;
De fréquents Jubilés sont établis pour lui ;
Il peut rentrer souvent dans les biens de la grâce,
Biens qu'aucun de la terre en ses fruits ne surpasse,
Pouvant se garantir des chaînes de Satan,
Et s'élever à Dieu par un sublime élan.
Contempler Jésus-Christ, notre divin modèle,
De toutes les vertus miroir le plus fidèle.
Qu'on cite un autre Eglise avec tant de bienfaits,
Et qui donne aux mortels tant de grâce et de paix.
    Mais comment l'obtenir ? une chose est à faire :
C'est l'accusation humble et surtout entière,
Qu'on fait de ses péchés, pour en être absous,
A tout prêtre approuvé pour les remettre tous.
C'est la confession, sacrement ineffable,

Qui redonne la vie au pécheur, au coupable,
Détruit ce qu'il avait d'impur ou vieux levain,
Inocule en son cœur un germe tout divin,
Lui remet dans les mains la robe nuptiale ;
Il y vient recouvrer la grâce baptismale ;
Et l'ayant revêtu d'un cœur pur et nouveau,
Le conduit avec joie au festin de l'Agneau.
De la confession tel est le vrai miracle.
Faut-il s'en étonner ? elle rompt tout obstacle,
Déliant par l'effet du pouvoir absolu
Que Jésus-Christ lui-même au prêtre a dévolu.
Chrétiens, si vous avez votre âme surchargée.
Voilà le seul moyen de la voir dégagée !
Venez vous adresser à ce vrai médecin,
Qui possède pour elle un remède divin.
Ne tardez plus , venez vomir votre amertume ;
La coupe du péché lentement vous consume ;
Allez, tournez vos pas vers le saint Tribunal ;
C'est là qu'est seulement l'antidote du mal.
    « Pour moi , disait David, se taisant sur son
                            [crime (1),

(1) Ps. 31.

» Des plus cuisants remords, ah! j'étais la victime ;
» Je sentais de mon Dieu la main s'appesantir,
» Et mes os ébranlés sans force s'affaiblir.
» Dans ma douleur, percé d'une épine piquante,
» Qui rendait ma douleur encore plus poignante,
» J'ai dit : mon Dieu, de vous tout mon mal est connu,
» Et toute iniquité devant vous mise à nu.
» Je vous confesserai toute mon injustice.
» Oui, je veux vous moutrer ma profonde malice.
» A peine déclaré, tout mon péché commis,
» En vrai Dieu de bonté vous me l'avez remis.
» Heureux le pénitent qui va sans fourberie
» Dévoiler la noirceur dont son âme est flétrie !
» Celui dont les péchés ont été déclarés
» Par un aveu sincère, ils sont tous effacés. »
   Mais la confession coûte à notre nature,
Le prêtre a, comme nous, d'un homme la figure,
Et cependant il faut lui montrer notre cœur,
Jusqu'à lui déclarer du péché la noirceur.
Mais cette honte même est une sainte épreuve,
De la contrition c'est une bonne preuve ;
Quand on l'a surmontée, et qu'un ferme propos
Au sincère regret a rendu plus dispos,

Vous goûterez alors la douce paix de l'âme,
Et de l'amour divin en vous naîtra là flamme.
Tout est couvert du sceau le plus inviolable ;
Le prêtre révélant serait le plus coupable.
Ce que vous ne voulez dire secrètement
Sera tout dévoilé le jour du jugement.
Ah ! ne cachez donc rien, quoique ce soit énorme :
Car que vous servirait du Sacrement la forme ?
Avez-vous du péché celé l'énormité,
Vous n'êtes pas absous, il y a nullité ;
Vous avez, qui plus est, commis un sacrilège.
Cette honte est en vous de satan un vrai piège,
Pouvant après cela plus loin vous entraîner,
Et de ses durs liens plus fort vous enchaîner.

   O âme, n'es-tu pas cette Samaritaine,
A qui Jésus offrait l'eau d'une autre fontaine,
L'eau pure de la grâce. Eh quoi ! tu l'offensais !
A la mauvaise source à longs traits tu buvais !
Il t'offre maintenant la source de la grâce,
Celle qui des péchés ne laisse aucune trace.
   Heureux celui qui vient puiser, boire à cette eau !
Elle anime l'esprit et donne un cœur nouveau.

   Les Juifs avaient chez eux les eaux de la piscine ;

C'était de tous les maux une cure divine.
Quand le malade heureux s'y jetait le premier,
Il en sortait tout sain et guéri tout entier,
Pourvu que du Seigneur, auparavant un ange,
Dans l'eau fût descendu pour faire le mélange.
Un malade gisait depuis plus de trente ans,
Et du bain favorable attendait les instants.
Jésus dit : vous voulez la guérison entière,
Dès longtemps je vous vois couché sur la litière.
Je ne puis dans le bain assez tôt me plonger ;
Même pour cette fin aucun ne veut m'aider.
Un autre, en attendant, de ma lenteur profite,
Descend dans la piscine et se guérit bien vite.
Levez-vous et marchez, emportez votre lit ;
Jésus s'éloigne, et l'homme était déjà guéri.
Ce malade, c'est nous dès longtemps en souffrance ;
L'Église est sa piscine et d'une autre excellence.
Jésus nous voit gisant, connaît notre langueur,
A notre âme il voudrait redonner sa vigueur.
Pourquoi différons-nous ? Notre pauvre nature
Sentirait les effets d'une eau divine et pure.
Elle entendrait ces mots, le plus grand des bienfaits :
Vos péchés sont remis ; allez, vivez en paix.

Heureuse paix du cœur, et Jésus nous la donne,
S'il voit en nous surtout un homme qui pardonne.
O pardon admirable ! ô pacte singulier !
A nous Dieu se soumet en quelque sorte entier.
Pardonnez, nous dit-il, et je saurai moi-même
Vous montrer qui je suis dans ma bonté suprême ;
C'est moi qui ferai grâce et ferai tout pour vous ;
Pardonner à son frère, est-il rien de plus doux ?
Satisfaire à ma loi dans son second précepte,
Et contre son prochain ne rien voir qu'on excepte
C'est me dire qu'on m'aime, et moi, qui suis tout bon
Je ne puis refuser un généreux pardon.
De ma miséricorde en l'homme est la mesure,
Et selon qu'il le fait, c'est pour moi règle sûre.
Autant à son prochain il aime à pardonner,
Autant de fois pour lui je veux me dévouer.
De toutes les vertus je suis le vrai modèle,
Et l'homme qui pardonne est mon miroir fidèle ;
Et s'il est généreux, peut-il me surpasser,
Et parce qu'il fait bien, pourrais-je me lasser ?
S'il pardonne au prochain toutes ses injustices,
Ne puis-je pas pour lui faire des sacrifices ?
Il est homme, et pourtant il accomplit ma loi ;

Mais peut-il en bienfaits se comparer à moi ?
Non, s'il veut annuler de son prochain la dette,
Ma générosité pour lui sera complète.
A cause de son frère il cède au temps, au lieu,
Et moi je saurai bien le satisfaire en Dieu.

  Le pardon de l'injure est vraiment admirable.
Ce précepte est sublime et le plus estimable.
L'histoire à ce sujet nous cite des païens ;
Mais on y trouve aussi les hauts faits des chrétiens.
Un Auguste pardonne à Cinna son ministre,
Cet exécrable chef d'un attentat sinistre.
Jules César savait vaincre ses ennemis,
Ensuite il pardonnait pour les rendre soumis.
Vespasien souffrait la langue injurieuse,
Répondant d'une humeur souvent facétieuse,
Un proverbe existait, en général connu ;
Or voici quel était son entier contenu :
Les amitiés seront à jamais mutuelles,
Et les inimitiés doivent être mortelles.
Vois-tu se repentir d'une injure l'auteur ?
Pardonne, dit Syrus, c'est le penchant du cœur ;
Ce n'est qu'un esprit bas, une âme sans naissance,
Qui goûte le plaisir de la noire vengeance.

Quand il s'agit de toi ne sois point indulgent;
Mais aux autres, s'il faut, pardonne-leur souvent.
Que de faits à conter du temps du paganisme !
Mais encor les plus beaux sont du christianisme.

Théodose régnait en prince humain et doux,
Mais un jour Antioche irrita son courroux :
Elle avait renversé ses pompeuses images,
Donné de sa fureur d'horribles témoignages.
L'affront était sanglant; l'évêque Flavien,
Des pauvres habitants veut être le soutien,
Et par les mouvements d'une sainte éloquence,
Leur obtient le pardon, détourne la vengeance :
Prince, lui disait-il, grâce pour mon troupeau;
Pour la religion quel triomphe plus beau !
L'infidèle partout chantera vos louanges,
Et dira : Gloire à Dieu, les hommes sont des anges.
Par la grâce, dit-il, que vous nous concédez,
Au roi des empereurs vraiment vous le cédez ;
Un vieillard vous le dit; mon Evangile s'ouvre,
Et cette vérité devant moi se découvre;
Une offense est commise, exécrable à vos yeux ;
Votre Père vous parle et dit du haut des cieux :
Remettez les péchés faits contre vous par d'autres ;

Moi-même sur le champ je vous remets les vôtres;
Et le prince vaincu, quoique très-offensé,
Dit comme Constantin : Je ne suis point blessé.
  Mais plaçons-nous plus près; au beau pays de
                                        [France,
Beaucoup nous ont montré le pardon de l'offense.
Louis douze voulut l'état de sa maison,
Et chacun aussitôt d'en chercher la raison.
Dès que la cour apprit cette triste nouvelle,
Certains furent saisis d'une frayeur mortelle;
Pendant qu'il était duc, Louis, inquiété,
Avait été par eux bien durement traité.
Sur leurs noms une croix, qui semblait fort à craindre,
Se trouvait d'encre rouge, et c'était pour les plaindre.
Le roi les fait venir, annonce leurs pardons;
La croix rouge, dit-il, dont j'ai marqué vos noms;
N'est pas signe de mort : c'est la miséricorde,
Que le Père éternel par Jésus vous accorde.
Jésus-Christ sur la croix la demanda pour tous,
Et ce grand souvenir me l'inspire pour vous.
Parmi nous, que de traits d'éclatante mémoire
Ont couvert leurs héros d'une immortelle gloire !
Que d'autres traits enfin, quoique plus obscurs,

Des pardons accordés sont des garants bien sûrs.

Ces chrétiens pratiquaient nos plus saintes
[maximes,

Voyaient avec horreur de la haine les crimes;

La haine !.. l'Écriture en parle en divers lieux,

Et la dépeint partout avec ses traits hideux (1).

En voici le portrait... De sa prison profonde,

La haine avec Satan vint ramper dans le monde;

De son venin mortel infectant l'univers,

Pouvait-elle autre chose arrivant des enfers?

Elle était de l'orgueil une immortelle proie,

Et voulant s'assouvir en cherchant toute voie,

Elle s'en prit à l'homme, et, cachant sa noirceur,

Elle souffla dans lui l'orgueil secret du cœur;

Et depuis elle inspire, anime toute secte,

Qui tire de l'orgueil son origine abjecte.

Ses ravages partout, on les voit étendus;

Ah ! que de flots de sang par elle répandus !

Entre frères la haine engendre les querelles,

Qui par malheur souvent ne sont que trop cruelles.

Les enfants de Jacob qu'elle avait courroucés,

(1) Prov, cap. 10, v. 12 18. saup. cap 2., v. 24.

Au meurtre de Joseph furent d'abord poussés;
Mais ensuite l'un deux, Ruben, calma leur rage,
Et seulement Joseph fut mis en esclavage.
Poussé contre David par le malin esprit,
Saül voulait sa perte et souvent l'entreprit.
Que dirons-nous enfin ? la fureur de la haine
S'acharna sur Jésus pour sa perte certaine;
Scribes, pharisiens, ne pouvaient le souffrir :
C'est qu'il les démasquait, osait tout découvrir,
Montrait leur avarice et leur hypocrisie ;
Il les avait maudits aux dépens de sa vie.
Ainsi toujours la haine annonce un cœur méchant;
Et sous des faux dehors bien des fois se cachant,
Elle épie et se tient dans un morne silence,
Pour saisir le moment de sa noire vengeance ;
Et puis elle s'écrie, en insultant le ciel :
Tiens... J'ai fait ma victime et vomi tout mon fiel.
    Souvent aussi l'envie au mérite s'attache,
Cherche à le rabaisser, le poursuit sans relâche,
Ou bien, de son œil louche en voyant son bonheur,
Se tourmente, s'afflige, et sèche de douleur.
Et si son ennemi tombe dans la disgrâce
Ce plaisir la fait rire : Oh! que cette âme est basse.

Mais celui qui se plaît à ternir vos vertus,
Vous porte à rechercher des mérites de plus.
Cet ennemi, du moins, n'a pas ce vain langage
Que corrompt des vertus le légitime usage;
Cet ennemi pour vous vaut mieux qu'un vain flatteur;
Pour vous c'est un soigneux et sage précepteur,
Parfois assez fâcheux, mais toujours salutaire,
Qui pour vous corriger est un auxiliaire;
Un flatteur veut toujours me louer, m'encenser,
L'ami cache souvent tout ce qu'il peut penser,
L'ennemi découvrant d'un ami la faiblesse,
Et du flatteur abject dédaignant la souplesse,
Me déclare sans crainte, avec sévérité,
Me dit en me blessant toute la vérité;
Sa blessure souvent loin d'être dangereuse,
Me sera profitable et quelquefois heureuse;
J'en connais mieux par là quels sont mes vrais dé-
                                        [fauts,
Et dois m'en corriger pour fuir de plus grands maux.
   Si déjà le pardon fait du chrétien la gloire,
L'amour des ennemis ennoblit sa victoire.
Aux vertus s'il ajoute encore le bienfait,
On peut le regarder comme un chrétien parfait.

Aimer ses ennemis ou ceux qui nous haïssent,
Faire du bien, prier pour ceux qui nous maudissent,
C'est être alors l'enfant du père qui des cieux
Fait luire pour nous tous son soleil radieux.

Les saluts d'aujourd'hui sont du pur paganisme ;
Rendre amour pour amour c'est du publicanisme ;
Mais ils sont regardés comme des bienheureux,
Les martyrs du droit saint : car le ciel est pour eux ;
Jésus a destiné du ciel la récompense
A ceux qui pour son nom éprouvent la souffrance ;
Lui-même il accomplit ces préceptes parfaits,
Envers ses ennemis prodiguant ses bienfaits ;
Et pour eux sur la croix, avant de rendre l'âme,
Conservant dans son cœur du pur amour la flamme,
Il s'écriait encor : Père, pardonnez-leur ;
Ignorez ce qu'ils font, pour eux c'est un malheur·
Sur cet exemple on vit à leur tour les Apôtres
Qui pour leurs ennemis bien plus que pour les autres,
Ne cessaient d'adresser à Dieu leurs vœux ardents,
Quoiqu'ils eussent reçu des outrages sanglants ;
Dans leurs chagrins, leurs maux, comme dans l'in-
[fortune,
Jamais on n'entendit le cri de leur rancune ;

A souffrir pour Jésus sans cesse ils aspiraient ;
Aux autres pardonnant, d'amour ils expiraient.
Et les premiers chrétiens d'après ce grand modèle
De foi, de charité, montraient le même zèle ;
Pleins d'espoir en Jésus, ils savaient tout souffrir,
Et l amour et la foi les poussaient à mourir ;
Et quand il le fallait, martyrs de l'injustice,
Ils bravaient volontiers tout genre de supplice.

    Hélas ! même chez nous que de scènes d'horreurs,
Dont le souvenir seul épouvante les cœurs !
Jours terribles, affreux, de honteuse mémoire !
Triste et funeste page en lisant notre histoire !
Pourquoi ces flots de sang en tous lieux répandus ?
De la religion les droits sont méconnus ;
Les temples profanés ; elle n'a plus son culte ;
Ses prêtres sont en proie à l'outrage, à l'insulte,
Incarcérés, traduits devant les tribunaux,
Sans forme de procès traînés aux échafauds.
Sainte Eglise du Christ, tu souffris le martyre !
Et la philosophie, en son hideux délire,
Levant son étendard, de son glaive cruel,
Immolait en croyant anéantir l'autel ;
Déjà par son audace et par le plus grand crime,

Louis sur l'échafaud, innocente victime,
Etait mort en martyr priant pour ses bourreaux,
Souhaitant que sa mort éloignât tous les maux. -
Le trône était tombé. La barbare anarchie,
Poursuivant ses fureurs jusqu'à l'idolâtrie,
Prostitua ses dieux, inonda tout de sang,
Egorgea, proscrivit et tout sexe et tout rang;
Elle crut triompher. Ce sang cria vengeance,
Et d'en haut les martyrs délivrèrent la France.
Les peuples étonnés admirèrent leur foi
Ayant vu ces héros mourir sans nul effroi.
    Enfin rappelons-nous la légion Thébaine,
Contre eux de leurs tyrans la cruauté fut vaine.
Oui, ils étaient vraiment de généreux soldats,
Fidèles à leur Dieu, braves dans les combats,
Dévoués et mourant pour la foi de leurs pères ;
Ecoutons ces héros, leurs voix étaient sincères :
« Plutôt que de brûler aux faux dieux de l'encens,
» Plutôt que de donner la mort aux innocents,
» Nous mourrons, disaient-ils, pour n'être point
                                    [coupables;
» Ces deux forfaits pour nous sont les plus exé-
                                    [crables;

» Nous confessons un Dieu du monde Créateur,

» Et Jésus-Christ son fils des hommes Rédempteur;

» Vous êtes notre maître, à vous l'obéissance

» Si contre notre Dieu ce n'est pas une offense;

» Mais quand vous commandez d'agir contre sa loi,

» Nous devons avant tout à notre Dieu la foi;

» Nous désobéissons, mais vivez sans alarmes;

» Ce n'est pas contre vous que nous portons des armes.

» Nous nous en servirons volontiers au combat,

» S'il faut vaincre pour vous l'ennemi de l'Etat;

» Mais contre vous plutôt que d'être des rebelles,

» Nous mourrons en restant à notre Dieu fidèles;

» De nos frères déjà nous envions le sort;

» Qu'elle est belle à nos yeux leur héroïque mort (1)!

Tel était de la foi le sublime langage,

Et de l'amour divin le plus beau témoignage;

Amour qui rendant l'homme à son Dieu très-soumis,

Sans peine lui faisait aimer ses ennemis;

Et de si nobles cœurs voués au sacrifice,

N'étaient-ils pas certains d'avoir leur Dieu propice?

Ils ne savaient garder aucun ressentiment,

Et préféraient leur Dieu par le plus pur serment.

(1) Sous Dioclétien et Maximien, IVe siècle.

Vous donc qui sur l'autel apportez votre offrande,
Ou qui venez à Dieu faire votre demande,
Si vous vous souvenez qu'un autre contre vous
Ait quelque sentiment d'aigreur ou de courroux,
Allez auparavant vous remettre en sa grâce,
Et de toute rancune en lui rayez la trace ;
Puis ayant obtenu de lui votre pardon,
Vous reviendrez plus pur présenter votre don ;
Sans cela redoutez un Dieu juste et sévère,
Qui sait humilier un injuste adversaire ;
Vous vous verrez réduit, en ayant votre lot,
A rester enfermé dans un sombre cachot,
D'où vous ne sortirez que sur bonne parole
D'avoir bien satisfait à la dernière obole (1).
La grandeur du chrétien est de tout oublier ;
C'est trop pour lui qu'on cherche à se justifier ;
C'est un autre Joseph, oui, dont la bienveillance
Dans son généreux cœur a remplacé l'offense ;
Il vous a déjà fait le bien à votre insu ;
Et lorsqu'il faut parler de l'outrage reçu,
Il s'explique tout bas et vous donne à comprendre

(1) S. Math. , chap. v, v. 23 et suivants.

Qu'il n'a pas contre vous le moindre mal à rendre ;
Et même il vous promet ce qu'il a de concours,
Si jamais vous avez besoin de son secours.
  Non, tu n'existas pas par la philosophie,
O sainte charité ! mais la philanthropie !
C'est un nom fastueux ; seul le sage chrétien
Entre l'homme et son Dieu connaît le vrai lien ;
Il sait qu'aimer son Dieu, c'est la loi la première ;
L'amour dans le prochain la seconde et dernière.
En aimant le prochain en tout temps, en tout lieu,
On ne saurait manquer d'aimer vraiment son Dieu ;
Qu'on aime son prochain comme on s'aime soi-
                                    [même,
On aimera son Dieu, c'est le code suprême.
Pratiquer constamment la sainte charité,
C'est du culte envers Dieu, l'esprit, la vérité.
Jésus la pratiqua. Qu'on lise l'Évangile,
On n'y trouvera pas sa morale stérile.
Il fit partout le bien, son cœur le commandait,
Et c'est ce que d'en haut son Père demandait.
Paul eut cette vertu qu'il a si bien décrite,
Tant il en connaissait le précieux mérite.
Aux apôtres Jésus la commanda toujours,

Et la leur répéta dans son dernier discours.
Quand la sainte amitié sans cesse est mutuelle,
On témoigne à son Dieu l'amour le plus fidèle.

SIXIEME DEMANDE.

—

Résister à la tentation. Vigilance et prière. J.-C. tenté. Recourir à Dieu.
La mortification. Avantage de la tentation.

———

Ne nous laissez pas succomber à la tentation...

Nous ne prions pas Dieu que la tentation
Ne nous fasse sentir sa tribulation ;
Non , mais que Dieu plutôt aide notre faiblesse,
Qu'il soit notre soutien, nous donne la sagesse.
N'est-il pas exposé tous les jours , le chrétien ,
Aux plus rudes assauts de l'ennemi du bien ?
Et de tous les côtés, tant qu'il est sur la terre ,
L'esprit malin lui fait la plus cruelle guerre.
Plus il veut s'élever pour devenir parfait,
Plus le malin esprit le poursuit et le haît ,
S'acharne à l'entraîner dans la mauvaise voie,
Pour triompher de lui , pour en faire sa proie.
Un vrai chrétien doit donc, comme un vaillant soldat,
Être prêt nuit et jour à livrer le combat ;

5*

A l'aspect du péril le trouble ni la crainte
Ne doivent lui causer une fâcheuse atteinte.
Qu'il marche ; devant lui s'élève un étendard,
De l'enfer acharné rompant toujours le dard.
C'est l'étendard du Christ, signe de la victoire,
Qui fut dans tout combat vrai monument de gloire.
L'Église l'a porté contre ses ennemis,
En soutenant ses droits divinement acquis ;
De même le chrétien, dans sa lutte incessante,
En lui ne ressentant qu'une force impuissante,
Qu'il recoure humblement à son Dieu rédempteur,
Il n'aura rien à craindre avec ce protecteur.
Toute tentation est de satan un piège ;
Cet ennemi rusé sans cesse nous assiège.
Reconnaissant en nous notre débilité,
Recourons au Sauveur avec humilité.
La victoire est certaine à l'aide de la grâce ;
C'est la force du Christ, et rien ne la surpasse.
On le sait, avec elle ont lutté tous les saints,
Toujours ils ont vaincu sans pouvoir être atteints.
Et nous qui ne vivons que dans la négligence,
Qui n'avons sur nos sens aucune vigilance ;
Oui, toujours exposés au dedans, au dehors,

Hélas ! gardons-nous bien de nous croire assez forts.
Une tentation peut paraître légère ;
Mais, faute de veiller, elle devient amère.
Ne comptons pas sur nous, c'est un trop faible appui,
Nous ne voyons le mal que quand l'espoir a fui.
Ne négligeons donc pas une faible étincelle,
Qui pourrait devenir à tout secours rebelle.
Votre ennemi partout cherche l'occasion,
Pour se ruer sur vous et faire invasion.
Le penchant déréglé, la mauvaise habitude,
Tout s'entend avec lui pour votre servitude ;
Et ce danger si grand, ne vous porte-t-il pas
A redouter le sort d'un funeste trépas ?
Quoi ! le juste lui-même a peine à se défendre ;
Lui par ses passions peut se laisser surprendre,
Seul il ne sent que trop qu'il ne peut résister
Si Dieu ne le protège et ne vient l'assister.
Et vous, à vous voir vivre avec votre apathie,
Connaissant que votre âme est dans la léthargie,
On dirait que le mal vous inquiète peu ;
Quoi ! des plus grands dangers vous vous faites un
Mais vous n'ignorez pas le sort d'une défaite : [jeu ;
Puisse-t-elle pour vous ne pas être complète !

Veillez donc et priez : ce sont là deux moyens
Contre votre faiblesse infaillibles soutiens.
D'abord la vigilance à tous est nécessaire :
Ne l'employons-nous pas pour les biens de la terre ?
Nous nous évertuons à nous rendre prudents,
A prévoir, s'il se peut, les moindres accidents.
Et pour les biens du ciel pourquoi l'indifférence ?
Nous connaissons assez quelle en est l'excellence.
Oh ! puisse-t-elle un jour, cette grande froideur,
Ne pas nous procurer une amère douleur !
Il faut encor prier, et cette autre ressource,
Au moment du combat, de la paix est la source ;
Elle est utile aussi même avant le danger,
Avant que l'ennemi vienne nous assiéger.
Au moment de l'assaut, lorsqu'on est dans le trouble,
Il sait en profiter, et d'efforts il redouble ;
C'est bien là cet instant que l'on doit prévenir,
Autrement on s'expose à tomber, à périr.
Veillez donc et priez, dit Jésus aux apôtres,
Qu'il connaissait sans doute aussi faibles que d'au-
Afin que dès l'accès de la tentation,   [tres,
Vous ne soyez surpris par son irruption :
Sans cela votre esprit aisément se fascine ,

En votre propre chair le penchant prédomine ,
Et l'esprit égaré , dans son emportement ,
Pousse la volonté vers le consentement.
De la tentation prévenez l'influence ;
Opposez-lui d'abord toujours la résistance ,
Vigilance et prière , on en sent le besoin ;
Quand nous serons tentés Dieu de nous prendra soin.
Il veut notre salut ; fidèle à sa promesse ,
Il ne saurait manquer d'aider notre faiblesse.
Sa grâce nous suffit , c'est le plus grand secours ,
Pourvu qu'on la demande, il l'accorde toujours.
Dieu ne permettra pas que contre la mesure
Nous soyons éprouvés par-dessus la nature.
Une preuve, c'est Job : par Satan tourmenté ,
Jusqu'à désespérer il ne fut point tenté.
Satan , dit le Seigneur, va, je te l'abandonne ,
Dans ses biens, dans sa chair, excepté sa personne ;
Et Job privé de tout , gisant sur un fumier,
Jusqu'à maudire Dieu ne voulut s'oublier.
Saint Paul aussi sentait de la chair les atteintes :
Il fallait effacer de l'orgueil les empreintes ;
Ayant été ravi jusqu'au troisième ciel ,
Où règne en souverain le vrai Dieu d'Israël ,

Il vit luire un rayon de la gloire infinie ,
Dont jouissent les saints dans l'heureuse patrie.
Non, l'homme, nous dit-il , ne comprendra jamais
Le bonheur de voir Dieu dans son divin palais.

    Poussé dans le désert par l'esprit, Jésus même,
Après quarante jours d'un austère carême ,
Fut pressé par la faim. Alors le tentateur
Le voyant endurer de ce besoin l'horreur,
Lui conseille d'abord , espérant lui complaire,
De convertir en pain par son pouvoir la pierre ;
Mais Jésus lui répond : Ce n'est pas seulement
De pain que l'homme vit comme propre aliment ;
Un autre bien meilleur, c'est de Dieu la parole :
C'était dire à Satan : Maudite est ton école,
Lorsqu'en satisfaisant un besoin corporel,
On peut causer à l'âme un dommage mortel.
Oui, la chair à l'esprit doit être assujétie,
Si l'on désire avoir la véritable vie.
Si pour suivre la loi l'on ne fait point d'effort,
La chair est mauvais guide et conduit à la mort.
Tel est le triste effet de la concupiscence,
On imite d'Adam la désobéissance.

    Mais Satan à Jésus livre un second assaut ;

Une seconde fois il veut voir s'il prévaut.
Il le transporte au temple et l'élève au pinacle :
Sautez en bas, dit-il, et par un prompt miracle,
Les anges dans leurs mains viendront vous soutenir,
Contre tout accident viendront vous garantir.
» Le Seigneur, votre Dieu, pour vous est invincible,
» Lui répondit Jésus, toujours inaccessible. »
L'esprit de vanité fut ainsi combattu,
Mais par lui le chrétien est souvent abattu :
Bien des fois, par malheur, pour acquérir l'estime,
Il dément sa naissance et se dévoue au crime.
Que fait-on autre chose en devenant mondain,
En sacrifiant tout pour le respect humain ?
Dans les occasions critiques, dangereuses,
Satan se sert aussi de ruses spécieuses ;
Il nous pousse au péril, nous faisant espérer
Que le moindre malheur ne peut nous arriver.
Il prendra d'autres fois le ton de la prudence :
Pourquoi pour la ferveur se mettre en évidence ?
Ainsi l'on est trompé, conduit vers la tiédeur;
Pour qu'insensiblement on vienne à la froideur.
En suivant ce chemin on tombe au précipice,
Et c'est là de Satan le but de l'artifice.

En prétextes adroits propres à nous pervertir,
Toujours il est fécond pour nous faire faillir.
Dans votre trouble, allez au directeur fidèle,
Qui vous connaît et peut maintenir votre zèle ;
Sa bouche vous dira le mot du Saint-Esprit,
Et vous serez alors bien sûrement conduit ;
Vous aurez pour appui votre ange tutélaire,
Aux accidents fâcheux chargé de vous soustraire ;
Vous marcherez ainsi dans votre droit chemin,
Et courageusement vous irez à la fin,
Fuyant la vanité, puisqu'elle est un abîme
Où chaque jour Satan veut plonger sa victime.
  Jésus est assailli pour la troisième fois;
Son ennemi voudrait le soumettre à ses lois.
Du royaume du monde un pompeux étalage,
Est offert à ses yeux pour être son partage.
Vous aurez, dit Satan, un immense pouvoir;
Je puis vous le donner, je n'ai qu'à le vouloir.
L'univers est à vous; seulement je désire,
Qu'après avoir connu mon souverain empire,
Vous soyez de moi seul le vrai subordonné,
Et que pour m'adorer vous tombiez prosterné.
Mais Jésus lui répondit: Dieu seul est adorable,

Et du culte à lui seul vous êtes redevable.
Voilà comme Jésus confondit l'imposteur ;
Il n'abandonna point à la gloire son cœur :
A cette gloire humaine, hélas ! toujours funeste,
Ou trop cher achetée au prix de ce qui reste.
Ainsi que revient-il de tant d'ambition,
Qu'accompagne souvent tant de déception ?
Si l'on entend par là désigner la conquête,
C'est pour les nations une affreuse tempête
Qui roule avec fracas d'impétueux torrents,
Dont le cours engloutit peuples et conquérants.
Et quand on voit ces faits présentés dans l'histoire,
Que de malheurs partout, et devant quelle gloire !
Mais d'une autre manière on est ambitieux,
Et pour la gloire humaine on est industrieux ;
On s'intrigue, on recherche honneur, emploi, for-
                                        [tune ;
On sollicite, on flatte, on rampe, on importune,
Et lorsqu'on croit toucher au point de réussir,
On voit souvent, hélas ! l'espoir s'évanouir.
On n'avait poursuivi qu'une vaine chimère,
Ou l'ombre seulement d'une gloire éphémère ;
Et même quel malheur, si malgré tant d'efforts,

Ce fantôme de gloire a laissé des remords !
Mais même, en n'ayant pas une folle espérance,
Est-ce donc une gloire, est-ce une jouissance,
S'il a fallu l'avoir aux dépens de l'honneur,
Ou d'une vile idole être l'adorateur ?
Eh ! quelle gloire aussi que ces grandes richesses,
Produits de l'injustice ou de quelques bassesses !
Et quel honneur encor de vivre avec éclat,
S'il faut du vrai chrétien méconnaître l'état !
La gloire de ce genre est une idolâtrie.
　　La gloire véritable est qu'on se sanctifie.
C'est celle que procure en nous la charité,
Où l'homme se modèle à la divinité.
Oui, vraiment, la vertu que le chrétien pratique,
Peut être utile et grande, éclatante, héroïque ;
Et lorsqu'il aime Dieu, dans toute occasion,
Le chrétien peut remplir sa noble mission,
Pratiquer la vertu, parcourir sa carrière,
Faisant toujours le bien aux autres salutaire.
En un mot chaque état réclame son devoir,
Et la bonne œuvre en tout devant Dieu peut valoir.
C'est là le vaste champ du père de famille,
Où chacun empêchant que l'ennemi n'y pille,

Peut et doit employer ses soins et ses travaux,
Pour le fertiliser, conjurer les grands maux,
Obtenir de bons fruits en commun profitables,
Et qui, pour notre bien, à Dieu soient agréables.
Cette gloire est modeste ; et Dieu tout satisfait
Qu'on lui rapporte tout, nous le rend en bienfait.
Mais si nous pratiquons quelque vertu publique,
Notre gloire est alors grande et patriotique,
Et Dieu, l'aimable auteur de toute charité,
Saura louer, bénir cette fraternité.
Prenons garde pourtant que cette gloire humaine,
N'enfle pas notre cœur de son image vaine ;
Mais glorifions-nous du seul nom de chrétiens,
Rendons hommage à Dieu, source de tous les biens.
Résistons à l'orgueil en toute circonstance ;
Imitons de Jésus la sublime constance ;
Et nos anges bientôt, satisfaits et joyeux,
Rediront au Très-Haut nos combats glorieux.
    La vanité, la gloire et le sensualisme,
Voilà trois passions tendant au paganisme.
Jésus, pour les combattre, à son père eut recours,
Et nous, faisons de même, adorons Dieu toujours ;
Nous n'éprouverons pas de honteuse défaite,

Quoiqu'à divers assauts notre âme soit sujette ;
Dieu ne permettra pas que la tentation
Nous fasse succomber par la séduction.
Lorsqu'on s'adresse à lui, l'ennemi se retire ;
Mais peu de temps après il revient et conspire ;
Résistons-lui toujours, il se lasse à la fin,
Quand il voit contre lui qu'on a le bras divin.
Evitons le danger, armons-nous de courage,
Et sur nous l'ennemi n'aura point d'avantage.

   Mais pour bien servir Dieu mortifions nos cœurs,
De nos mauvais penchants nous serons les vain-
                              [queurs.
Faisons tous nos efforts pour triompher du vice ;
Il convient qu'à l'esprit le corps s'assujétisse ;
Mais pour vaincre, le jeûne est un moyen puissant
De nos mauvais désirs c'est un assoupissant.
Même ici de l'Eglise admirons la sagesse ;
Le jeûne bien compris est contre la mollesse,
Dont les tristes effets sur nos sens affadis,
Au joug des passions nous tiennent asservis.
Au contraire, en jeûnant, lorsque nos corps s'im-
                              [molent,
Plus libres, nos esprits de leurs prisons s'envolent

S'élevant aux élans d'une sainte oraison,
Ils forment avec Dieu leur chaste liaison,
Et deviennent plus forts au moment de l'attaque :
Car l'œil étant plus pur et le corps moins opaque,
Montrent plus de prudence, et reconnaissent mieux
De l'ennemi commun les traits fallacieux.
Ainsi veiller, prier, observer l'abstinence,
C'est contre tout assaut une sûre défense ;
Du reste, si l'on veut acquérir la vertu,
On ne peut l'obtenir sans avoir combattu ;
Mais il faut pour cela se procurer des armes,
Qui, dans l'occasion, nous sauvent des alarmes ;
C'est d'en haut seulement qu'arrive le secours ;
On n'a qu'à demander, la foi l'obtient toujours.
    Si la tentation pour nous est une épreuve,
Que de l'amour divin on y trouve la preuve.
Parce que vous étiez agréable au Seigneur,
Votre ennemi devait affliger votre cœur,
Dit l'ange Raphaël au vertueux Tobie ;
Parole consolante et de l'âme la vie.
Les vrais amis de Dieu ne sont donc éprouvés
Qu'afin qu'ils ne soient pas parmi les réprouvés.
Par l'épreuve il les rend de lui-même plus dignes ;

4

Ce sont pour les élus des faveurs bien insignes.
Par la tentation au moins vous apprenez
A connaître, à juger tout ce que vous valez.
En sondant votre cœur vous sentez sa faiblesse,
Et le besoin d'avoir la divine sagesse.
Oui, la tentation ressemble encore au sel :
Hélas ! il est dans nous un principe charnel
Qui produit sur notre âme une triste influence ;
Et sans dénaturer en effet sa substance,
Il devient si puissant qu'elle va vers le mal,
Se nourrissant alors d'un aliment fatal ;
Mais lorsqu'elle est tentée elle se purifie,
Et dans son malheur même elle trouve la vie.
Elle devient puissante, elle dompte le cœur,
Et se préserve ainsi du vice corrupteur.
Par la tentation nos vertus s'agrandissent,
S'épurent chaque jour, dans nos cœurs s'affermissent
Quand nous sommes tentés, devenons patients,
En nous-mêmes jamais ne soyons confiants.
Considérons de Dieu les promesses fidèles ;
Il viendra nous couvrir à l'ombre de ses ailes.
Au péché gardez-vous de vous abandonner ;
Si vous combattez bien, Dieu veut vous couronner

Enfin dites ce mot de saint Bonaventure,
Qui connaissait si bien notre faible nature :
Seigneur, à quoi me sert votre absolution,
Si je succombe encore à la tentation ?
Hélas ! mon cœur mauvais vers le péché s'incline ;
Ma volonté sans force au mal se détermine.
Mon Dieu, retenez-moi pour me faire éviter
Le piège où l'ennemi veut me précipiter ;
Vous m'avez tant de fois retiré de l'abîme ;
Ah ! que je n'en sois pas de nouveau la victime.
Mon Dieu, soutenez-moi, venez à mon secours ;
Oui, je veux vous servir et vous aimer toujours.

SEPTIEME DEMANDE.

—

Trois sortes de maux à craindre. Bonnes œuvres pour l'autre vie.
Prières de l'Eglise pour les morts. Détourner les peines de
l'esprit et du corps.

———

Délivrez-nous du mal.

Nous demandons que Dieu de tout mal nous délivre,
Et qu'au sein du bonheur nous puissions un jour vivre.
  Si le péché nous rend méchants et criminels,
Il fait encor de nous de malheureux mortels.
Pourquoi s'en étonner? Ne sont-ce pas nos vices
Qui font tomber sur nous tout genre de supplices,
Sans parler des tourments qu'un Dieu juste et vengeur
Pour l'avenir réserve à l'orgueilleux pécheur?
  Le prêtre a donc raison, en célébrant la messe,
D'ajouter au *Pater* ces mots pleins de sagesse :
De tous maux, ô Seigneur, daignez nous garantir,
Maux passés, maux présents, maux qui peuvent venir.

maux passés qu'ont produits nos nombreuses offenses,
Que doivent réparer d'austères pénitences,
Si l'on veut recouvrer de son Dieu l'amitié
Pour être au vrai bonheur un jour associé.
Maux présents, et d'abord ceux qui regardent l'âme :
Orgueil, obscurité, penchant parfois infâme,
Rechute, indifférence et endurcissement,
L'impénitence enfin jusqu'au dernier moment.
Eh! ne sont-ce pas là des maux bien déplorables?
Mais nous les méritons, nous sommes trop coupables.
Ah! puissent-ils en nous ne pas s'invétérer,
Et surtout puissions-nous ne pas désespérer!
Maux présents : pour le corps, ô Dieu, que de misères!
On n'aperçoit partout que des douleurs amères;
Pauvreté, mort et deuil, revers, infirmités,
Chagrin et maladie, et ces calamités
Qui chez les nations causent tant de ravages,
Répandent la terreur sur leurs affreux passages,
En frappant les mortels sous le nom de fléaux.
Ce n'est pas rarement qu'arrivent tous ces maux;
Aucun n'en est exempt sur la terre, personne :
C'est que l'homme au péché trop souvent s'aban-
                                        [donne.

Le péché nous rend donc tous vraiment malheureux,
Et nous charge d'un joug pesant et douloureux.
On nous voit cependant, sous cette servitude,
Vivant indifférents, sans nulle inquiétude.
Hélas ! c'est que ce monde est le lieu du péché;
C'est comme un élément à son centre attaché.
On vit sans y penser; mais, au bout de la vie,
Époque où l'homme part pour une autre patrie,
Et va devant le Dieu des vivants et des morts,
Avant qu'au dernier jour elle s'unisse au corps,
On connaîtra trop tard la fatale imprudence
D'avoir mortellement blessé sa conscience :
On peut entendre alors un affreux jugement,
Et subir sans appel un éternel tourment.
Ah ! qui peut raconter tant de maux effroyables
Que souffrent les damnés, maux irrémédiables?
Si l'on est dans l'enfer, plus de rédemption :
On subit à jamais la réprobation.
  Mais qui dira les maux de cette âme souffrante
Qu'un feu vif et réel purifie et tourmente?
Pour elle qu'il est bon, utile de prier !
Entendez-la vers nous ne cessant de crier :
O parents, ô amis, vous qui, durant la vie,

M'avez dans le malheur témoigné sympathie,
Ayez pitié de moi, parce que j'ai péché;
Le Seigneur me punit, et sa main m'a touché (1);
Priez, intercédez, n'oubliez pas mon âme,
Qui souffre durement dans une vive flamme;
Faites le bien, priez; mais surtout qu'à l'autel,
Le prêtre offre pour moi le Sauveur immortel,
Offrande la plus sainte et la plus méritoire;
Et Dieu m'ayant admise au séjour de la gloire,
Je garderai de vous un constant souvenir,
Ne cessant devant Dieu de prier et d'agir,
Pour que le vrai repos au ciel nous rassemble,
Et que nous possédions la paix, la joie ensemble.
   Ainsi parle cette âme; à ces tristes accents,
Qui ne redouterait des maux si violents?
Employons tous nos soins à prévenir ces peines,
Dont les justes rigueurs pour l'âme sont certaines.
Mortifions nos sens par des privations
Qui puissent réprimer l'ardeur des passions;
OEuvres de charité servant de pénitence,
Et comptant devant Dieu pour notre délivrance.

(1) Job, cap. 19, v. 21.

Ayons de nos péchés véritable douleur,
Toujours dans la prière humilité, ferveur ;
Et lorsque arrivera la fin de notre vie,
Comme il est de tout droit que tout péché s'expie,
Pour ce qui reste dû, le mal est allégé,
Et le temps de la peine est de même abrégé.
Le juste alors sortant des feux du purgatoire,
S'élèvera tout pur au séjour de la gloire.

Sainte Église de Dieu, priez donc pour les morts.
Lorsque vous célébrez les obsèques des corps,
Vous offrez sur l'autel le divin sacrifice,
Qui satisfait vraiment la divine justice :
Aux justes vous donnez le plus certain espoir
D'être avec le Seigneur et de toujours le voir.
Quand j'entends entonner cette sublime prose,
Du jugement dernier terrible hypotypose,
Où de l'âme on entend les douloureux soupirs,
Exprimant du salut les plus ardents désirs,
On sent bien que les morts ont en vous leur res-
[source ;
Vous avez Jésus-Christ du vrai salut la source.
Continuez toujours vos prières, vos chants,
Qui sont de votre cœur les vœux les plus ardents.

Je frémis quand j'entends, au moment de l'absoute,
Cet autre cri de l'âme, et l'Eglise l'écoute :
« De l'éternelle mort, délivrez-moi, Seigneur,
» Dans ce jour redoutable où, par un Dieu vengeur,
» Seront bouleversés et le ciel et la terre;
» Jour amer, jour affreux, de malheur, de colère,
» Quand vous viendrez juger le siècle par le feu;
» Jour où se montrera tout le courroux d'un Dieu.
Je ressens les frissons de la plus vive crainte,
Tant de ce jugement je redoute l'atteinte!
Mais, au nom de l'Eglise, l'âme attend le repos,
La lumière éternelle et la paix de ses os;
Entend en sa faveur, pour gage d'assurance,
Le *Pater* où Jésus lui-même, en sa clémence,
Demande à Dieu pour nous notre affranchissement,
Et notre exemption de l'éternel tourment.
Puis le corps est conduit à sa sombre demeure,
Pour qu'il y dorme en paix jusqu'à la dernière heure,
Où le juge immortel des vivants et des morts,
Unissant de nouveau les âmes à leurs corps,
Fera ressusciter les justes dans la vie,
Et subir aux méchants une peine infinie.
　　Mais puisque nous voulons éviter ces malheurs,

Détournons ici-bas ces peines, ces douleurs.
On a par le péché peines spirituelles,
Comme il attire aussi des peines corporelles.
Les peines de l'esprit, on peut les détourner :
Bien recueillir les sens qui peuvent entraîner ;
Fuir les occasions même les plus légères,
Pouvant nous relâcher, et devenir amères ;
Des grâces qu'on reçoit savoir bien se servir ;
Surtout dans sa ferveur ne pas se ralentir ;
Regarder devant soi le soleil de justice,
Brillant à tous les yeux pour éloigner du vice ;
Si nous nous appliquons à prendre ces moyens,
Nos peines de l'esprit se changeront en biens.
　　Pour les peines du corps, d'où vient que la nature
Y répugne si fort et si peu les endure ?
Effet de l'amour-propre ; on se fait délicat,
Et pour le moindre mal, on se trouble, on s'abat.
Ainsi de la vertu s'ébranle la constance,
Et l'on accroît ses maux par son impatience.
Tâchons de conserver la liberté d'esprit ;
Nous ne l'ignorons pas, la grâce nous suffit.
C'est dans l'infirmité que la vertu se forme,
Se rend noble et parfaite, à son Dieu se conforme.

Le Fils de Dieu pourtant veut que nous demandions
D'être exemptés du mal des tribulations,
Qui, par abattement, par défaut de courage,
Peuvent nous procurer quelque désavantage.
D'un Dieu si bienveillant implorons le secours ;
Adressons-nous à lui, prions-le tous les jours,
Pour apprendre à porter le mal qui nous arrive,
A ne pas y laisser périr l'âme captive,
Et par la patience on sera délivré,
Notre esprit par le mal n'étant pas attiré.
Oui, ne cessons d'aller vers Dieu par la prière.
Accablés de besoins, pressés par la misère,
Qui nous délivrera ? Notre Dieu seul le peut,
Et pour nous rassurer, il est père et le veut
Ayons recours à lui comme au plus sûr refuge ;
Non, ce n'est point alors qu'il sera notre juge.
Ne comptant point sur nous, comptons sur sa bonté,
Toujours pleine envers nous de bonne volonté.
Il attend qu'on demande, et sa miséricorde
Sait nous approprier ce qu'elle nous accorde :
Il connaît mieux que nous tout ce qui nous convient :
Pourquoi donc désirer plus que ce qu'on obtient ?
Il nous promet toujours d'aider notre faiblesse :

On ne l'a jamais vu manquer à sa promesse ;
Et lorsqu'on lui demande au nom du Dieu Sauveur,
De son Fils bien-aimé, notre libérateur,
Au nom de Jésus-Christ, dont les divins mérites
Destinés aux humains s'étendent sans limites,
A cet auguste titre il exauce nos vœux,
Et même par nos maux nous devenons heureux.

Si nous sommes chrétiens, ayons la confiance :
Le bien viendra du mal pour notre récompense.
Il nous aime en son Fils, notre Père éternel ;
Nous recevrons de lui des grâces pour le ciel.
En vain depuis qu'Adam perdit ses privilèges,
Nous ont été tendus de tous côtés des pièges,
Allons à Jésus-Christ, admirons son amour :
Nous étions des captifs et perdus sans retour,
Mais lui-même est venu se mettre en esclavage,
Payer, quoique innocent, du péché le ravage,
Mourir sur une croix pour nous racheter tous.
Son sacrifice enfin s'est consommé pour nous.
Qu'on trouve, si l'on peut, un semblable héroïsme ;
Est-il rien de plus grand que le christianisme ?
Est-il religion dont la divinité
Ait su si bien aimer toute l'humanité ?

Le Père a dans le Fils toute sa complaisance ;
Mais il faut l'immoler pour notre délivrance,
Et le Fils y consent ; et de plus l'Esprit-Saint
Fait que de l'ennemi l'on ne peut être atteint.
Ainsi la Trinité travaille tout entière,
Et nous rend chaque jour un bienfait salutaire.
A ce prix, est-ce trop si réciproquement
Nous offrons de nos cœurs un entier dévoûment ?
Par un enthousiasme et des transports stériles
Ne rendons pas, hélas ! ces grands biens inutiles.
On le sent, l'Homme-Dieu nous servant de rançon,
Est pour le cœur humain la plus sainte leçon (1).

   Telle est cette oraison qui de Jésus l'ouvrage,
Se trouve, en vérité, si propre à notre usage.
Quel autre mieux que Dieu connaissait nos besoins,
Pouvant nous protéger et nous donner ses soins ?
Aussi s'empressa-t-il lui-même à nous l'apprendre,
Et pour tout dire enfin en sept mots à le rendre.
Pour nous tous il voulut prier, intervenir,

(1) Sans doute, puisque J.-J. Rousseau lui-même a dit : Si
la vie et la mort de Socrate sont d'un sage, la vie et la mort
de Jésus-Christ sont d'un Dieu. La conclusion est facile.

Nous indiquant surtout les moyens d'obtenir,
En nous disant : Fuyez les vanités mondaines,
Appliquez votre cœur aux choses surhumaines,
Pensez à l'avenir, à l'immortalité,
Où l'âme jouira de la félicité.
    Le *Pater* est encor l'écho de l'Évangile,
A Dieu tout glorieux, à l'homme fort utile.
Deux grands commandements forment toute la loi.
Envers la Trinité l'hommage de la foi.
Puis l'amour agissant est la règle seconde
Qui ne doit pas moins être en pratiques féconde,
C'est de voir dans autrui son frère et son prochain,
Et par l'acte montrer qu'on est vraiment chrétien.
Ne nous y trompons pas, c'est qu'en fait de prière,
Le cœur, et non la langue, est surtout nécessaire.
Gardons-nous bien surtout d'imiter les païens,
Faisant devant leurs dieux les plus longs entretiens,
S'imaginant que c'est par un grand verbiage
Qu'on a d'être exaucé le facile avantage.
Non, non, la belle phrase et les trop longs discours
Des bons désirs du cœur interrompent le cours.
Mais employons aussi la prière mentale,
Qui vaudrait mieux encor que la prière orale.

Oh ! oui, quand Jésus-Christ voulut nous la donner,
C'est qu'il savait à tous nous la proportionner.
Prions toujours, prions dans une humble constance,
Nous serons exaucés, ayons-en l'assurance.

Jésus la termina, disant : En vérité,
Oui, l'homme désormais aura ma charité ;
Qu'il me parle du cœur, comptant sur ma promesse ;
Mon Père, au haut des cieux, jamais ne la trans-
[gresse.
Oui, l'homme recevra tout ce que j'ai promis ;
Mon Père et moi donnons au cœur humble et soumis.

Vous avez dit, Seigneur, un *amen* véritable,
Nous pouvons être sûrs qu'il nous est profitable.
Oui, je demanderai pour l'âme les vrais biens,
Et pour le corps aussi les plus simples soutiens.
Comme jamais en vous la parole n'est vaine,
Vous viendrez au secours de ma nature humaine ;
Tant que sur cette terre elle doit voyager,
Dans sa route, venez l'aider, la soulager ;
Elle en portera mieux le poids de sa misère,
Avec vous elle ira pour qu'elle persévère ;
Et l'âme, parvenue au bout de son exil,
Montera vers les cieux, disant : Ainsi soit-il.

INVOCATION

A MARIE.

AVE, MARIA.

(JE VOUS SALUE, MARIE.)

Lorsque nous répétons les paroles de l'ange,
Nous rendons à Marie un tribut de louange.
Eh! oui, que tout chrétien, comme simple mortel,
Imite le respect de l'ange Gabriel.
Marie est saluée, et de Dieu devient mère;
Marie à ton bonheur, ô chrétien, coopère.
Un Dieu va naître d'elle et vient te racheter;
L'amour qu'il a pour toi, sa croix va l'attester.
Marie est donc pour nous un nom inestimable;
A son cœur il n'est rien qui soit plus agréable :
Plus nous la saluons, plus on a son secours;
Disons-le-lui sans cesse, elle écoute toujours.

L'Église en récitant le salut angélique,
En a toujours senti le pouvoir vivifique.
Sur la terre, en tous lieux, on chante ses bienfaits,
Et sa bonté produit partout d'heureux effets.

Enfants exilés d'Ève, ah! crions vers Marie!
Gémissant ici-bas loin de notre patrie,
Nous parcourons, hélas! des sentiers ténébreux,
Où par malheur souvent nos faux pas sont nombreux.
Levons les yeux en haut; Marie est cette étoile
Qui sur la mer du monde éclaire notre voile,
La guide sûrement pour éviter l'écueil
Où peut nous attirer un téméraire orgueil.
Dans nos âmes souvent se trouvent des nuits sombres;
Des nuages divers y répandent leurs ombres;
Et Marie, en donnant une douce clarté,
Saura nous inspirer la sainte vérité.

Marie est du chrétien la plus puissante reine.
Qui n'a pas éprouvé sa bonté souveraine?
Oui, disons-le tout haut, heureuse nation
Qui se fait un honneur de sa protection!
Saint Étienne le fit; ce grand roi de Hongrie
Remit entre ses mains son royaume et sa vie.

O France, ô mon pays, révère ce saint nom,

Si tu veux dans ton sein conserver ta Sion ;
Marie y veut régner ; c'est l'arche d'alliance ;
Si cette arche nous manque, où sera l'espérance ?
Que dis-je ? en son honneur nous avons des autels
Qui sont de notre amour des gages solennels.
La France aime Marie, et partout la couronne,
Et l'adopte partout pour sa grande patronne.
Et depuis que l'Église a par un saint décret
En son honneur rendu témoignage complet,
Déclarant que Marie eut l'ineffable grâce,
Celle de n'avoir eu d'aucun péché la trace
Dès l'instant bienheureux de sa conception.
On voit depuis ce jour que notre nation,
Pour la mieux honorer rivalise de zèle,
Et désire à Marie être à jamais fidèle.

   Daignez donc, ô Marie, écouter nos accents ;
Vers nous daignez jeter vos regards bienfaisants ;
Soyez toujours pour nous la plus tendre des mères ;
Que Jésus-Christ par vous accueille nos prières ;
Que par vous tout pécheur espère son salut ;
Ce n'est jamais en vain qu'à vous il recourut :
Avocate puissante et qui pour notre cause
Entre l'homme pécheur et son fils s'interpose ;

Sûre de réussir, elle a le mot du cœur,
Désarme la justice et sauve le pécheur.

Mère de Dieu, priez pour notre chère France,
Et qu'elle mette en vous toute son espérance.
Si vous la protégez, étant en sûreté,
Elle pourra jouir de sa prospérité,
Parmi les nations continuer sa gloire,
Et même rehausser l'éclat de son histoire.
Le culte de Marie agissant sur les cœurs,
Peut bien nous inspirer de nouvelles grandeurs.
Si l'on nous voit briller par l'industrialisme,
En serons-nous moins grands par le catholicisme ?
N'a-t-il pas son génie animant les beaux-arts,
Offrant de tous côtés ses chefs-d'œuvre aux regards?
Oui, que tout Français soit digne enfant de Marie ;
Oui, qu'en France on l'honore et qu'on la glorifie ;
Elle a droit sur nos cœurs par de si hauts bienfaits,
Que l'on ne saurait trop la bénir à jamais.
Eh ! qui pourrait douter de sa faveur constante ?
Qui peut en ignorer une preuve récente ?
Un ennemi puissant plusieurs fois est battu ;
Comme son boulevard, il est tombé vaincu (1).

(1) Prise de Sébastopol, 8 septembre 1855.

Quel jour se remporta cette grande victoire ?
Un jour pour les chrétiens bien digne de mémoire :
Marie, au même jour, par sa Nativité,
Montrait que bientôt l'homme aurait sa liberté.
Dans les combats, Marie est donc un nom terrible ;
Encor, comme à Lépante, elle reste invincible.
Alors on la nomma des chrétiens le secours,
Et son bras n'est pas moins vigoureux de nos jours.
On établit alors la fête du Rosaire ;
Qui depuis a produit son effet salutaire.
Accourons donc vers elle aux pieds de ses autels ;
Consacrons-lui nos cœurs par des vœux solennels ;
Que tout rang la révère, et tout sexe et tout âge ;
Elle donne la paix et la joie en partage ;
Qu'elle garde chez nous la justice et les mœurs,
De la société sûrs garants, vrais sauveurs.
Regardons-la toujours comme notre patronne :
Heureuse la cité qui l'aime et la couronne !
Oui, cette royauté peut donner de grands biens :
Qui sait ce qu'il nous faut, à nous Français chré-
[tiens ?

Disons-le maintenant. Dans ma chère patrie,
Un monument s'apprête en l'honneur de Marie.

Près du temple d'Anis qui lui fut dédié,
Sur un roc élevé dominant la cité,
Sera bientôt dressée une haute statue,
Étant de toute part présentée à la vue,
Et nous montrant Marie en royal appareil;
C'est cette femme ayant pour manteau le soleil (1);
Douze astres lumineux, en couronnant sa tête,
L'élèvent dans la gloire au plus sublime faîte;
Elle écrase à ses pieds le dragon infernal.
Heureux, trois fois heureux, ô mon pays natal !
Au culte de Marie, en demeurant fidèle,
Tu pourras acquérir une grandeur nouvelle.
Tu l'as jusqu'à ce jour révérée en ces lieux;
De tout Français bientôt elle entendra les vœux;
Ta patronne sera Notre-Dame de France :
C'est à toi de garder cette arche d'alliance.
Nous aurons en Marie un bien puissant secours,
Puisqu'elle est glorieuse et nous aime toujours;
Garde bien ce dépôt, ô France, ô mon pays!
Aime toujours Marie, et sois sauve à ce prix.
Dans le cœur de l'enfant, mère, il faut préparer

(1) Apoc., cap. 12, v. 1. Gen., 3, 15.

Des germes qui plus tard puissent y prospérer.
Oui, dans ce jeune cœur, implantez de bonne heure
La semence que l'âge, en la trouvant meilleure,
Rendra pure, féconde, abondante en bons fruits :
Selon que vous semez, vous aurez les produits.
L'esprit de piété, ce bien si salutaire,
Dans le cours de la vie à l'homme est nécessaire ;
Il est utile à tous et forme notre cœur,
Nous faisant espérer un solide bonheur.
L'Esprit-Saint nous éclaire, inspire la sagesse,
Nous guide et nous soutient contre notre faiblesse,
Toujours dans la vertu tend à nous affermir,
Éloigne du péché, nous porte à le haïr,
Nous conduit pas à pas à la persévérance,
Que précède la crainte et que suit l'espérance.
O bonne mère, ô vous tendre envers votre enfant,
Vous lui donnez le jour ; mais, hélas ! en naissant,
Il réveille dans vous votre sollicitude,
Et votre cœur ressent beaucoup d'inquiétude.
Vous redoutez pour lui du péché le malheur,
Qui chasse l'innocence, et peut glacer le cœur.
A qui vous adresser, hélas ! dans votre peine !
Pour sauver votre enfant, votre puissance est vaine.

Recourez à Marie et consacrez-le-lui,
Vous trouverez en elle un merveilleux appui.
Offrez-lui votre fils ; avec son assistance,
Vous sentirez plus doux les soins de son enfance ;
Il apprendra par vous à répéter un nom
Qui sera dans sa bouche une sainte oraison.
Ce beau nom de Marie, en sa langue naïve,
Aura je ne sais quoi qui rend l'âme expansive,
Et fera dans son cœur germer le saint amour
Qui pourra dans le temps se montrer au grand jour.

Mais la voilà qui vient la brillante jeunesse,
Ce matin de la vie ; oh ! comme elle intéresse !
Cet âge vit d'élans, tout rempli de transports,
Mais dont il a besoin de régler les efforts ;
Age où l'illusion, l'erreur et la chimère
Par leurs traits séduisants n'ont pas de peine à plaire ;
Age pourtant fécond en nobles sentiments,
Exprimés aussitôt par de vifs mouvements ;
Où les impressions pourraient être profondes,
Sans cette vive ardeur qui les rend vagabondes.
C'est alors que commence un empire orageux,
Celui des passions, violent, dangereux,
Qui sous de beaux dehors cache bien des abîmes,

Où tombent par malheur tant de jeunes victimes.
Sainte religion, viens prêter ton secours;
La jeunesse est ardente, ah! dirige son cours;
Viens contenir ce feu plutôt que de l'éteindre,
Le lancer vers le bien; car elle y peut atteindre ;
Et la jeunesse, ainsi pratiquant la vertu,
Marchera noble et fière et d'un pas soutenu;
Et Marie, aux accents de sa voix maternelle,
Saura l'encourager et la rendre fidèle.

Mais quand l'homme jouit de sa pleine raison,
Qu'il brille par l'éclat de ce divin rayon ;
Que de la majesté l'homme est alors l'emblème;
Que la nature sert à sa puissance même,
En devenant docile à ses nobles desseins;
Quand sur lui du génie on voit les traits dépeints;
Que sachant se frayer des routes non ouvertes,
Il présente aux regards de grandes découvertes,
Offre à tous les esprits de grandes vérités
Qu'ont pu développer ses hautes facultés;
Quand l'homme est, disons-nous, plein de ces
                                        [avantages
Sur lui les passions exercent leurs ravages :
L'ambition, qui veut par ses mille moyens,

Obtenir des honneurs qu'elle juge être siens,
Rampe pour les avoir, même par voie inique
S'en arroge le droit, le privilège unique;
Mais trop souvent, hélas! cet enfant de l'orgueil
Trouve, au lieu de sa gloire, un déplorable écueil.
Une autre passion non moins insatiable,
Et constante à cet âge autant que redoutable,
C'est la cupidité qui pousse à s'enrichir,
Qui partout cherche l'or, et, pour y parvenir,
Parfois se sert de tout, même de l injustice :
A ces traits on connaît l'exécrable avarice.
Au milieu de son or l'avare est malheureux.
Qui dira les tourments de l'homme ambitieux?
O homme, à se borner si le bonheur consiste,
Pourquoi porter si loin ton désir égoïste?
Lève ton cœur en haut, la terre est ton exil,
Tout ce qu'on y possède, au prix du ciel est vil :
S'attacher à son Dieu comme à son bien suprême,
Le seul qui peut sans fin remplir le cœur qui l'aime,
Telle est la sainte ardeur de l'homme vrai chrétien :
La gloire et la fortune à ses yeux ne sont rien.
Par Marie, il apprend quelle est la grandeur d'âme,
Et comment il convient qu'un noble cœur s'enflamme,

4*

Sur quoi doit se fonder notre félicité,
Puisque nous sommes nés pour l'immortalité.
   Mais avez-vous atteint l'âge de la vieillesse,
Si digne du respect qu'inspire sa faiblesse?
Bien que la vie alors s'en aille en déclinant,
Et que l'homme bientôt touche au dernier instant,
Plus d'une fois chez lui la raison, l'expérience
Remplacent des leçons la plus belle science;
Plein de compassion, il n'aime que douceur;
La tendre charité palpite dans son cœur;
Il a senti les maux, et la misère humaine
Dans ses vives douleurs n'a rien qui le surprenne;
Il connaît les dangers, il conseille et prévoit,
Prouve par le passé ce qu'il dit, ce qu'il croit;
Il plaint sincèrement, de bon cœur il pardonne,
Et sa douce amitié ne dédaigne personne :
Tel est le bon vieillard; s'il laisse des enfants,
Sa tendresse pour eux n'a que des mots touchants.
Environné des soins que réclame son âge,
Il est pour eux de Dieu l'intéressante image,
Pour eux demande aux cieux qu'il daigne les bénir,
Qu'il veuille leur donner un meilleur avenir.
Il grave dans leurs cœurs des conseils salutaires,

S'étendant au-delà des choses temporaires ;
Les exhorte à louer en tout temps le Seigneur,
Dans la prospérité comme dans le malheur ;
A l'aimer constamment, à suivre sa loi sainte,
Que l'on doit observer par amour et par crainte ;
A ne point négliger la loi de charité,
Liant tous les humains par la fraternité.
Ce vertueux vieillard, près de quitter la vie,
Se recommande enfin à Jésus, à Marie.
A tout âge, Marie, en conduisant au port,
Peut donc nous préserver d'une funeste mort.
Dans le monde, en suivant cette étoile polaire,
A sa perte éternelle on pourra se soustraire.

    Mais des chutes, hélas ! qui dira les malheurs ?
O jeunesse imprudente ! O amères douleurs !
Vous lisez ces romans dont la vaine lecture
Égare votre esprit, en fausse la droiture,
Inspire à votre cœur la sotte vanité ;
Vous rêvez je ne sais quelle félicité ;
Vous allez au hazard dans toute compagnie,
Sans chercher à savoir avec qui l'on se lie.
Là se tiennent souvent d'assez libres propos,
Où la pudeur est loin de trouver son repos.

A tant d'occasions vous vous mettez en butte,
Craignez et redoutez une funeste chute.
Ah ! si l'on veut vraiment garder la pureté,
Ne faut-il pas avoir moins de légèreté ?
Soyez humble de cœur, vierge, imitez Marie ;
Vous serez protégée, et d'elle étant chérie,
En vain vos ennemis voudraient vous entraîner :
C'est elle qui fait vaincre, et veut vous couronner.
Elle sut protéger les Agnès, les Cécile ;
Leurs bourreaux déployaient une rage inutile :
On les vit expirer dans de cruels tourments,
Mais leurs cœurs restaient purs et toujours innocents.
Allez, vierges, allez auprès de votre reine,
Elle vous apprendra la vertu souveraine
Qui puisse vous guider et dessiller les yeux ;
Et la rose et le lis, signes mystérieux,
Composent la couronne angélique, immortelle,
Que Marie a promise à la vierge fidèle.
Allez à Jésus-Christ, votre céleste époux,
Qui sait former les cœurs les plus purs, les plus
                                        [doux.

Continuez, Marie, à prier pour l'Eglise ;
Que la vérité sainte en tout lieu s'introduise ;

Que l'Esprit-Saint agisse en son premier pasteur,
Et qu'il se montre en tout vicaire du Sauveur;
Que ses hautes vertus laissent dans les fidèles
Jusqu'au fond de leurs cœurs des traces immortelles.
Montrez-vous favorable à tout l'épiscopat,
Qu'il soit auguste et saint dans son apostolat,
Et que tout le clergé, dans chaque diocèse,
Par toutes ses vertus à Jésus-Christ complaise;
Que de la sainteté croissent partout les fruits,
Et qu'à leur vrai bonheur les chrétiens soient con-
       Ainsi soit-il.   [duits.

PARAPHRASE

DU

PSAUME 50, MISERERE MEI.

1: Ayez pitié de moi, mon Dieu, dont la bonté
Démontre sa grandeur par son infinité.

2. Et selon vos bontés, qui, par leur multitude,
S'étendent au-delà de toute plénitude,
Que mon iniquité soit réduite à néant.

3. Lavez tout ce qu'elle a pour vous de rebutant.
De plus en plus, mon Dieu, détruisez-en la trace;
Rendez-moi pur, daignez m'accorder cette grâce.

4. Je connais maintenant tout mon crime odieux,
Et mon péché toujours se présente à mes yeux.

5. Contre vous seul, malgré votre sainte présence,
J'ai péché, fait le mal en pleine connaissance.
Je viens, hélas! Seigneur, vous demander pardon;
Oui, vous avez promis de me faire ce don.
Vous êtes un Dieu juste, et que votre parole
Confonde des humains le jugement frivole.
Oh! qu'ils n'hésitent point à vous jugez vainqueur;
En tout temps vous voulez pardonner au pécheur.

6. Je pourrais m'excuser sur l'humaine faiblesse :
Ma coupable origine annonce ma bassesse.
Ma mère me conçut aussi dans le péché ;
Ces lèpres cependant dont je fus entaché,
Ne peuvent devant vous me montrer excusable.

7. En toute vérité je me dirai coupable.
Et comment oserais-je aggraver cet état,
En me montrant encore envers vous un ingrat ?
La tache originelle en moi n'eut plus d'empreinte ;
Vous m'avez fait connaître aussi votre loi sainte ;
Votre sagesse avait ses mystères divins ;
Ils ont été pour moi découverts et certains.
Par vous j'ai quelquefois marché dans la droiture ;
Mais je suis retombé par ma triste nature.
Pour moi de ces moments est perdu tout le prix
Sans le pardon du mal dont ils furent suivis.

8. Quoique mon âme soit de mes péchés souillée,
Elle sera par vous de l'hyssope arrosée.
Cette hyssope est pour moi votre sang précieux,
Dans mon âme effaçant ce qu'elle a de hideux.
Étant ainsi lavée et rendue innocente,
De la neige elle aura la blancheur éclatante.

9. La joie alors par vous renaîtra dans mon cœur ;

Rentrer dans votre grâce, est-il plus grand bonheur?
Mes os tressailleront d'une sainte allégresse,
Mes os humiliés, troublés par ma faiblesse.

10. Détournez vos regards de dessus mes péchés;
Qu'ils s'effacent, les traits de mes iniquités.

11. Je pourrai dignement célébrer cette grâce,
Miracle de bonté que nul autre ne passe.
Si vous me réformez en créant mon cœur pur,
Dans moi renouvelez un esprit droit et sûr.

12. N'éloignez pas de moi votre sainte présence,
Et de votre Esprit-Saint donnez-moi l'assistance.

13. Daignez me redonner la joie en vous, Sauveur,
Et me fortifier par l'esprit de ferveur.

14. Je pourrai, me guidant sur vos saintes lu-
[mières,
Indiquer aux méchants vos sentiers salutaires :
Et l'impie attentif se laissant attendrir,
Vers vous s'empressera, voulant se convertir.

15. Mon Dieu, si mes péchés méritent vos ven-
[geances,
Auteur de mon salut, pardonnez ces offenses ;
Ma langue exaltera par mille chants joyeux
Ce que votre justice a fait de glorieux.

16. Mes lèvres s'ouvriront; votre louange juste,
Sera ce que ma bouche entonnera d'auguste.

17. Si quelque sacrifice avait pu vous toucher,
Je l'aurais volontiers offert pour vous calmer.
Mais pour vous l'holocauste est loin d'être agréable.

18. Un autre, méritoire et bien plus favorable,
C'est d'offrir à son Dieu l'esprit mortifié,
Le cœur vraiment contrit, vraiment humilié;
C'est là cette victime et juste et salutaire,
Expiant les péchés, à Dieu pouvant complaire.

19. Daignez enfin, Seigneur, dans votre volonté,
Arrêter sur Sion vos regards de bonté.
Bénissez, protégez l'Église catholique;
Etendez en tout lieu son règne pacifique;
Que ses ministres soient, dans toutes leurs vertus,
Aidés de votre grâce, en tout temps soutenus,
Prouvant aux nations qu'elle est toujours divine,
Et qu'en elle à jamais votre Esprit-Saint domine;
Que dans la paix vos saints demeurent affermis,
Et que leur charité vainque vos ennemis.

20. Vous recevez alors du cœur le sacrifice,
Qui vous doit être offert pour obtenir justice.
Tout antique holocauste aujourd'hui vous déplaît;

Si le cœur s'immolant bien mieux vous satisfait,
Surtout sur vos autels est la pure victime,
Qui, toujours seule, absout et lave de tout crime.

—◆—

PARAPHRASE

DU

PSAUME 129, DE PROFUNDIS.

—

1. De l'abîme profond où mon âme est plongée,
Seigneur, vers vous, ma voix gémissante, oppressée,
Vous appelle ; écoutez ma prière, Seigneur ;
Ah ! daignez m'exaucer, c'est le vœu de mon cœur.
Je souffre, hélas ! mon Dieu, d'une peine terrible !
Pardon ; à ma douleur, ah ! montrez-vous sensible ;
Rendez-vous aux accents de mes tristes soupirs ;
Tels sont de mon bonheur les plus ardents désirs.
2. Oui, prêtez à ma voix une oreille attentive :
C'est la douleur d'une âme et souffrante et captive ;

Entendez sa prière et ses gémissements,
Elle espère par vous terminer ses tourments.
Grâce pour mes péchés dont je sens l'amertume;
C'est par eux que ce feu me tourmente et s'allume.
Quand verrai-je finir mes amères douleurs ?
Quand pourra succéder la joie à tous mes pleurs ?

3. Hélas! vers le péché ma funeste tendance
Mérite contre moi votre juste vengeance;
Si vous considérez avec sévérité,
Ce qu'il a de blessant pour votre sainteté,
Qui pourra subsister devant votre justice,
Et vous offrir, Seigneur, un digne sacrifice ?

4. Pour mes péchés, Seigneur, je n'ai recours qu'à
[vous,
Certain que vous pouvez me les remettre tous.
On n'épuise jamais votre miséricorde;
Elle est votre trésor, votre bonté l'accorde,
Votre loi me l'assure, augmente mon espoir;
La foi me dit de vous qu'on peut la recevoir.

5. Sur mes iniquités quand je jette la vue,
Par ce triste tableau mon âme est confondue;
Du Seigneur la parole est toute vérité,
Mon soutien, mon espoir dans mon indignité.

6. Que le fidèle en Dieu mette son espérance :
Il peut être exaucé, qu'il en ait l'assurance,
Soit quand la vie en lui commence son matin ,
Soit quand la sombre mort en amène la fin.

7. Jésus-Christ a dans lui des grâces abondantes,
Qui, pour nous racheter sont toujours subsistantes.
En sa miséricorde il est sûr d'espérer ;
Non, le fidèle en vain ne saurait l'implorer.

8. De tout péché, Jésus, dans sa bonté suprème,
Veut bien le racheter en donnant son sang même.
Oui , de vous , mon Sauveur, j'espère le pardon ;
Votre sang précieux servira de rançon ;
Et quand j'aurai reçu la lumière et la vie,
Étant libre, j'irai rentrer dans ma patrie ;
Jouissant à jamais de la félicité,
Je vous louerai, Seigneur, pendant l'éternité.

Ainsi soit-il.

www.ingramcontent.com/pod-product-compliance
Lightning Source LLC
Chambersburg PA
CBHW070759280626
47162CB00016B/1553